給油麻地的情書

慧惠

序一　油麻地式懺悔

有人說，手繪，是種信仰。尤其處於一切可以無限 undo 的平板電腦年代。

作畫時，任君 undo 步步退回；偏偏生活上的大小事和情，皆無可挽回，導致創作境界和現實世界的反差越來越大，心生矛盾，價值撕裂。

於是，畫技稍見成熟後，很多年輕藝術家都急著去懷舊。哪個老區小店快拆了，拿好鋼筆水彩，用無法 undo 的老方法，誓死記錄及保衛某些同樣無法 undo 的老香港價值。

所以，如果手繪是種信仰，那懷舊也是。因為我們無條件地「相信」。相信從前的價值、相信老區的人情、相信垂死老店的每塊磚頭。

這方面，我曾經也是信徒，最近卻企圖叛教了。人到中年，家中原稿櫃已滿瀉，想斷想捨想離，於是好實際的，試著轉用 iPad 了。另一方面，懷舊太多會令我長期處於低落及悲憤情緒，唯一出路，是尋找當下的力量，不被過去或未來所牽絆。當然，也可以非常「臨在」地去懷舊，這我做不到。但慧惠似能做到，她不怎麼憤世，而極度專注，專注得像個匠人，專注於現在有的，而不在沒有的，然後把當刻情感和這刻的自己溫柔地記錄下來，更大於對社區本身的紀錄。可以說，這信徒，虔誠得來清醒。

對，一切都是年齡、環境及心境影響。慧惠後生，家裏空間應該足夠有餘，心房亦滿載了大志，又文又武直闖窮街陋巷，墨彩傾瀉而出，就只為了博你點點頭，帶淚承認「人情味」這東西於我城尚存！哪管你轉頭又低著頭繼續玩手機，她也繼續鑽進當刻的老地方，大筆一揮，要光便有光。

阿門。

小克

序二　在那將近消失的角落

認識慧惠是一種緣分。二〇一四年十月我大部分晚上的時間都在旺角「佔領區」流連，我慣常的創作方式在佔領現場失去效用，於是我轉向為現場的事物拍攝記錄。旺角街頭在彌敦道兩旁，尤其是滙豐銀行和地鐵站出入口的外牆，都貼滿了自發創作的海報和標語。政治人物的改圖尤其吸引，亦有不少有名漫畫家的手筆，但在芸芸作品中最吸引我的，竟然是一個不知名者的作品。我第一眼看就很喜歡，「他」畫的是現場的風景，畫面繪得很仔細，我感受到「他」在現場用了很長的時間參與、觀察和繪畫，所以每個細節都很動人。而且不止於此，畫面的色感和線條都流露個人的情感和風格，文字像是內心的獨白，每個人物都活靈活現。在「佔領區」無聊的時間，我不時尋找「他」的圖畫來看，還會帶住追看的心情等待下一張圖出現，現在我電腦內還有不少圖片記錄。後來有一次，Facebook 有人傳「他」的圖片，我才知道，「她」叫慧惠。

後來她在報紙發表了一些創作，後來她做過一些展覽，後來還拍過一個電視節目……直至最近見面，她告訴我有本關於油麻地的書要出版。我看完她的手稿感到很興奮，在重建過程中，破舊失落的油麻地在她的畫中添加了一層少女的人文情懷：果欄街燈下默默工作的小販、廟街霓虹招牌開動時的吱吱聲、還有京士柏公園玩雀老人面上的悦色……我看慧惠的畫會從最邊緣「有」和「冇」之間的部分進入，在那處你會看到她的思考、取捨和情感的轉動；再轉入畫面的焦點部分，從細節中看她對日常的鋪排，她呈現的是一個寧靜和諧的世界，就算一剎那的光陰也停留在永恆。或者這是跟她讀電影出身有關，每一張畫都像一部電影在説故事，讓人一再回味和細讀。

白雙全

17.6.18.

此圖為颱風下果欄之速寫。

自序

我自小就喜歡寫信，也喜歡寫日記。

快樂的事寫下來；
傷心的事寫下來；
奇怪的夢都寫下來。

喜歡的家人、朋友、戀人，都曾收過我的明信片，甚至信。我常一廂情願地想，一封用了幾小時寫的信，收信人就會知道我對他／她有多重視。雖然畫畫才是我的強項，但想深切表達自己的心意往往依靠文字多於圖像，這是什麼的一回事呢？至今我也不太了解。

有人說，住得越近的地方，因為睇慣住慣，反而越對她不了解，這情況大概也可以套用於我身上。例如油麻地為什麼會叫做油麻地？果欄為什麼會變成現在的樣子？我畫這本書前並不知道。

寫一本情書給油麻地的想法，是於二〇一六年個人畫展《講港情·小小店》的尾聲時萌芽的。當時在想，自己在油麻地土生土長二十多年，應該要給她一個交代，因為能夠在一個社區裏生活一段長時間就是緣分。用一年的時間細味，並將這些變成插畫及文字，這是二〇一七年我要盡心盡力做好的事。

僅此將此情書獻給路過、住過、想認識油麻地更多的你們，希望此書會引起你們對油麻地的好感，跟她來個約會吧！

慧惠
寫在油麻地家中

序一　油麻地式懺悔

序二　在那將近消失的角落

自序

9　7　6

果欄的日與夜

走入油麻地社區小店

都市中的喘息空間

街坊日常與我們這一家

102　76　44　12

結語

鳴謝

132　131

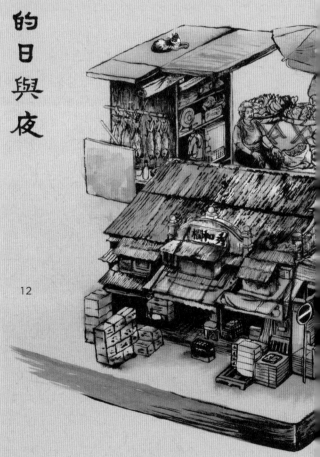

給親愛的油麻地

果欄的日與夜

果欄白晝

我自小住在油麻地果欄樓上（果欄其實叫「油麻地水果批發市場」），小時候每天對著果欄這類的混合物料建築，就以為整個香港也一樣是這樣子，長大後出走到其他地區，才發現這類建築「買少見少」；小時候會羨慕人家的窗戶面向無敵大海景，長大了才知道原來在香港有一個開揚的景觀，不用終日拉上窗簾已經很可貴。以上種種告訴我，我所住的地方是可愛的，而其中一大原因就是果欄。

日間和晚上的果欄是兩個不同的景況：日間冷清，晚上熱鬧。多年來當我告訴朋友我的住處，他們都會問我「呢度夜晚會唔會好嘈」，我以前會答「還可以」；但當人漸大，到過不同的地區過夜後，才知道什麼是「寧靜」，所以現在如果再有朋友問我，我會答：「有啲嘈，但已經習慣了。」

另一個常被區外的朋友問的問題就是：「呢度係咪有黑社會㗎？」我雖然住在附近，但從未見

過有關黑社會的活動。果商有他們的生意，居民有自己的作息，河水不犯井水。以前果欄只做批發生意的時候，我們不會幫襯，而現在他們在日間會做零售生意，與夜晚在果欄工作的人是不同的。日間做生意的人的樣子完全沒有「江湖味」，所以看來果欄與黑社會的關係似乎不大。

有利果欄：夏日時令生果

以小妹過去廿多年的記憶，日間的果欄是冷清的，最多偶爾會傳出打麻雀的聲音。但近十年，新填地街、石龍街一帶的果欄批發商在日間兼做零售，或將門面租給「街仔」（零售攤販），結果在周末假日吸引了不少區外的街坊，尤其是具消費力的中產階級的市民，一家大小駛著私家車前來購物，使果欄馬路上除了有一箱箱的生果外，還停泊了不少私家車。結果三條行車路有兩條都泊滿了車，剩一條可以通行，因此現場都不難看見食環署職員和警察的蹤影。

是日「有利果欄」創出新景象：排隊！為何？原來是因為泰國金枕頭榴槤。每年五至六月是榴槤當造期，一般果欄都有多款生果出售，但當日的有利果欄獨具慧眼，只是售賣金枕頭，多箱榴槤飄香，加上小販們的體貼服務，魅力沒法擋。小販會先問客人對榴槤的偏好，再搖搖榴槤，聽聽果肉是否有因熟透而在裏面搖動的聲音，然後選取一個最適合的，再將榴槤的柄切掉，由頂落刀，輕輕用力爆開，將肉剝下來，並切出一小口給客人試食，客人滿意就收貨付款。

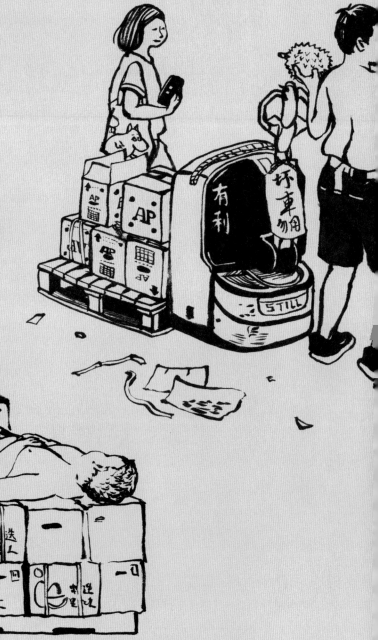

當時有利果欄有三名男子在經營，兩位負責開榴槤，一位負責搬運，
三人拎榴槤都不用戴勞工手套，完全不怕它棘手，難道這就是專業的表
現!? 負責搬運的赤膊大漢答我：「『棘手』係咩嘢㗎？」原來他們早已習慣
這感覺了。

果欄黑夜

這是我自小已認識的果欄的大概模樣，間中我臨睡前都會望出窗外看看它。

每晚凌晨至清早時段就是果欄的活躍時間，窩打老道一帶（由德昌街至新填地街）五至七條行車路都被果箱佔據，剩下兩條路讓車輛通行；行人路也不能避免給果箱佔據，結果行人路只有一個身位的路可以通過，赤膊大漢不斷為剛抵達的貨櫃車卸貨，然後將貨運到店舖前。手推車、電唧車不斷在馬路穿梭，因此路過此段的車輛必須慢駛，且格外小心。

曾經有政黨收到「阻街」投訴，因此「為民請命」，向政府要求將果欄搬遷，但我從來不覺得他們阻街，反而這就是油麻地的特色。我有時夜歸，果欄沿路芬香撲鼻，例如五、六月會

聞到榴槤的香味，七、八月就會聞到芒果的香味，到中秋時節就會聞到桃的香味……身處於鬧市中，卻可以聞到自然的香味，不是很難得嗎？再者，果欄附近的交通一直都不太繁忙，如果行人路真的不方便，行走在馬路上也十分普遍。因此，住在這一區的街坊其實都不太理會交通燈的指示，所以有時在其他區過馬路，見到大部分的居民都有耐性等到綠燈才過馬路，我反而有點不習慣呢。

這些一棟棟的果箱看似大廈、城堡，如果置身其中玩捉迷藏一定很有趣（但這會阻礙果欄的運作，還是幻想一下好了）。因廿年前香港果欄的水果轉口生意蓬勃，當時不少優質水果都要經過香港才轉運到內地，後來因內地實行＊「三原政策」，香港成為水果轉口港的角色沒了，現在轉型在日間兼營零售，這轉變就像使原本只有晚上才有魅力的果欄一分為二。

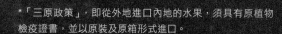

＊「三原政策」，即從外地進口內地的水果，須具有原植物檢疫證書，並以原裝及原箱形式進口。

果欄黑夜之今昔魅力

木頭車與電唧車

過往主要的搬運工具是木頭車，試想像一下，一個晚上長時間推著一車五十箱的木頭車往返卸貨區與舖面之間，汗流浹背，昏黃燈光下隱約看到結實的胸肌與腹肌，這不是男人的浪漫是什麼？而廿多年後，不少木頭車都給電唧車取代了，就算是較年長的大叔，也能用得自在。我想電唧車的普及對他們來說是天大喜訊，只是對我這街坊而言是少了一番視覺享受了。

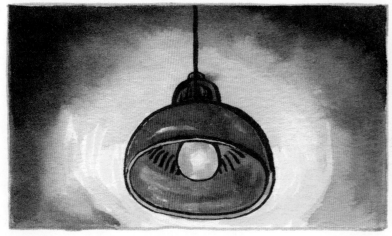

少了美麗的果箱

現在目測有約一半的生果來自中國內地、台灣及東南亞等地，它們的紙皮箱設計簡陋，欠缺美感。而美麗的果箱指的是「西貨」（果欄術語），即來自歐美、澳洲及日本的水果果箱。

燈光

由浪漫溫柔的鎢絲黃燈（大部分都在紅 A 的紅燈罩下）變成現今 LED 黃燈和白燈，現時不少紅燈罩已卸下，在果欄仍看到的紅燈罩數目大概只是廿年前的一半而已。

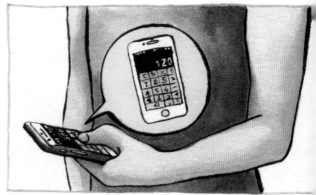

掌心密底算盤

廿年前的晚上，果欄常傳來搖擺算盤的「答答」聲，有老闆就用密底算盤暗盤出價，不讓其他客人知道，因每個客人的入貨數量不同，折扣自然不一樣，故能避免尷尬情況；但現在明盤出價，買與不買，悉隨尊便，因此這種聲音已經成為絕響了。

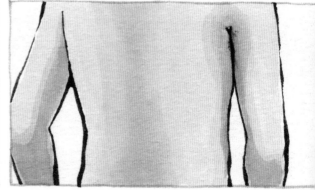

紋身大漢

過往果欄赤膊大漢的紋身大部分都紋有龍的圖騰，滿佈背脊，霸氣十足；現時的修飾味較重，紋身範圍較小，而且露出雪白背脊的大叔比有紋身的人多得多。

∙∙

我住在果欄樓上，我家熄燈的時候就是果欄最耀眼的時候，對我來說，他們是我地上的星星，充滿活力，儘管某程度上果欄的美態不及從前，我還是喜歡她。果欄的存在令我家擁有開闊的景觀，而她的聲音提醒我，即使是大眾的休息時間，果欄人仍然很努力地辛勤工作，所以一定要感恩！

果欄的貓

不論以前還是現在，果欄的貓大部分都怕陌生人，就算行人只是路過，牠們都會跑開。估計牠們經常面對大型貨物出入，精神比較緊張，所以必須時常保持警覺，保護自己。

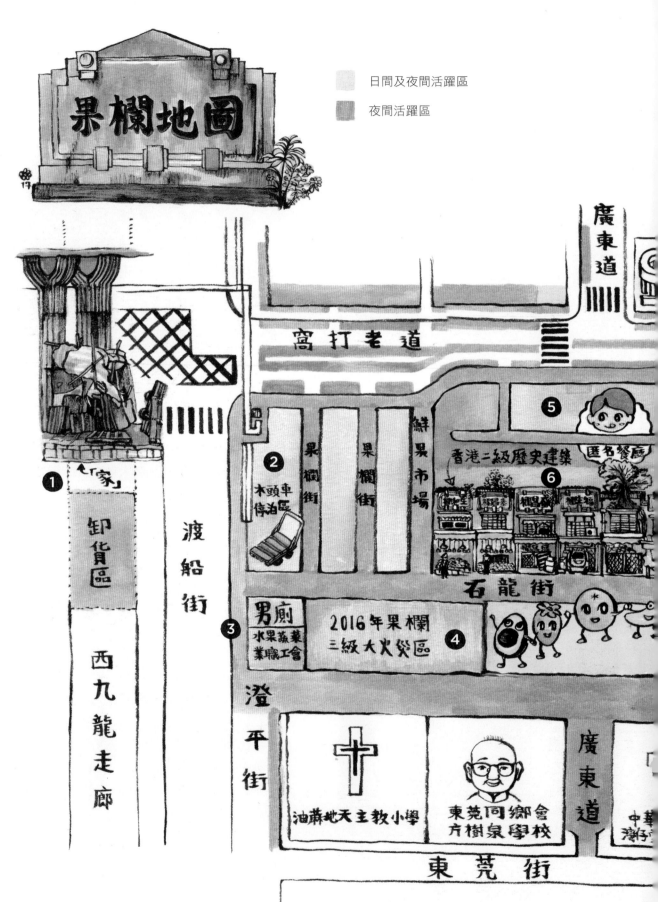

果欄地圖

日間及夜間活躍區
夜間活躍區

廣東道

窩打老道

卸貨區

渡船街

西九龍走廊

「家」

①

② 木頭車停泊區

果欄街

果欄街

鮮果市場

③

男廁
水果蔬菜業職工會

④ 2016年果欄三級大火災區

⑤

香港二級歷史建築

⑥

匿名餐廳

石龍街

澄平街

油蔴地天主教小學

東莞同鄉會方樹泉學校

廣東道

中華港好

東莞街

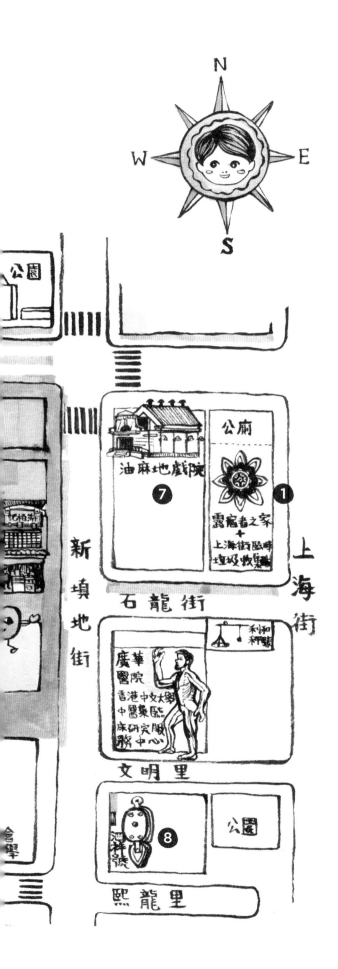

1｜露宿者之家

油麻地有不少露宿者，其中最不人道的就是香港露宿救濟會油麻地露宿之家。它處於公廁和垃圾站上層，不設冷氣，窗戶須長開，露宿者必須長期與垃圾的氣味共存。二〇一七年窩打老道與渡船街交界的西九龍走廊天橋下，住了一對露宿的夫婦，他們用卡板、帆布、木條等建立了他們的「家」。

2｜木頭車停泊區

過去幾乎每個果欄工人都有一架「私家車」——木頭車，造價曾高達五千元（除非特別注明，否則本書全以港幣為單位）一架，但近年大部分木頭車已被電唧車取代，因此長期停泊於此。

3 | 水果蔬菜業職工會

果欄「咕喱」休憩、更衣和寄放個人物品之地方，間中有麻雀耍樂。職工會旁邊有一個他們自行搭建的簡陋男廁，欠沖水系統，異味四溢。

4 | 果欄火災

二〇一六年九月四日果欄發生三級大火，燒毀了二十多個欄，幸好沒人受傷，也沒有破壞二級歷史建築群。現時災區欄檔已完全封閉並清拆，於石龍街的圍板變成告示牌，提醒果欄人要提防生果賊。災區其實是官地，未來用途待定。

5 | 匿名餐廳

果欄的「深夜食堂」，日間休息，門面張貼著「此乃私人地方，不作任何生意買賣」及「此處非公眾食肆」等告示。廚房用鐵皮間成，摺枱膠凳電視機的格局與大牌檔無異。聽聞豬扒湯河是招牌菜，一碗二十二元，小妹試過一次，豬扒有鮮味，且醃得入味，河粉軟硬適中，抵食推介！果欄範圍更設外賣服務呢！負責送外賣的是一名大嬸，夜間在果欄的女將佔少數，而這位大嬸穿梭於大叔與車輛之間實在太酷了！以我目測所見，除了餐廳休息的日子外，她每晚都在工作，因此她與某些熟客的感情甚佳，按時為他們送上每天例牌的飲料，食客有時會以當造生果作回禮：六月尾的某夜，大嬸循例「兜個Round」問候熟客果欄工友時，其中一人手握兩個山竹，默默送到大嬸的手中。

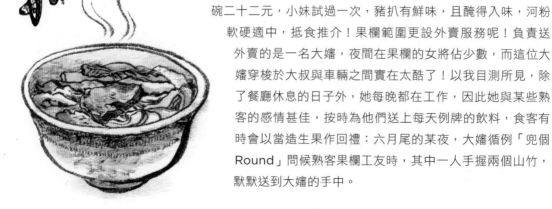

6｜果欄飛榕樹

樹齡約六十載，傳說由鶴的糞便中遺下的種子發芽而長成，樹根已覆蓋果欄「利發隆」之匾額，亦被「長興欄」視為風水樹。

7｜油麻地戲院（1930-）

香港現存唯一在二次世界大戰前建成之戲院，是混合古典主義與藝術裝飾元素的建築。我的童年時期（一九九〇年代）見證著其放映色情電影的盛與衰，港產片《旺角卡門》亦曾在此取景。二〇一二年翻新成戲曲排練及表演場地。

8｜泗祥號

在二十世紀初油麻地發展成避風塘，果欄附近的「泗祥號」當時專做律囉（於船上將重物吊起之滾輪）起家。雖然現在香港船運業沒落，但第四代傳人何國標仍然堅守家業，並且熱愛本地歷史，可說是活的歷史書呢！

老闆—張巨林

當家／女婿 韓亮賢

太子女 張賓琳

じんふらの おいしい地元 地域限定
農協チリヌス ふらのっち

營業時間
BUSINESS HOURS
0 AM - 0 PM.

地域一番
鉅記欄。

果欄人物專訪：
鉅記果欄韓亮賢

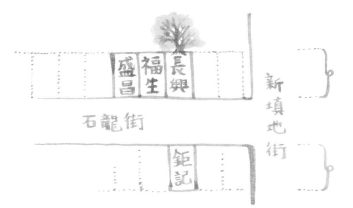

十六欄中的盛昌欄、福生欄、長興欄都是韓先生的岳父張氏家族的家業。

十六欄對面以前是菜檔，一九六〇年代菜欄搬至長沙灣，十六欄就向這空地擴張，例如長興欄在對面擴張家業，開了鉅記欄。

二〇一六年底，我在石龍街繪畫榕樹時，認識了同樣熱愛藝術的韓亮賢。他，便是石龍街二號 A「鉅記欄」的當家。

韓亮賢喜愛書法和手作，鍾情瘦金體之秀氣，鉅記內的價目牌都是他手寫的。手作方面，他利用周邊的物資做創作，例如將圖畫紙剪成一條條，然後織出一隻草蜢，再用火柴頭作草蜢的眼睛。他又用紙巾捲成一朵朵康乃馨，然後拍照，作母親節賀圖。因為我們談得投契，於是我採訪了他，從他身上了解果欄幾十年的轉變。

果欄十六欄

鉅記是果欄十六欄之一。十六欄是指石龍街一列十六座房子，建於一九五二年，由於出自同一位建築師，因此外形相近，現已列入香港二級歷史建築。十六欄每一座地下都是店舖，而樓上以前是果欄工人宿舍，現在用作貨倉。十六欄對面以前是菜檔，一九六〇年代由於水

果批發興起，菜欄搬至長沙灣，成為空地，然後十六欄就向這空地擴張，例如「長興欄」在對面擴張家業，開了鉅記欄，韓亮賢的岳父、鉅記老闆張巨森先生，就是長興欄老闆娘之女婿。

自小果欄打滾

韓亮賢生於一九六六年，家中排行第八。雖然貴為孻子，且自小讀書名列前茅；但由於家境清貧，所以他一九七九年就讀中一時，就要賺錢養家。他經同學的父親帶他入行，做兼職果欄「咕喱」。當時正值果欄的黃金時代，貨如輪轉，做苦力都即日出糧，一日做十二小時大約有七百至一千元（如計算通脹即大約為現時的三千元），結果苦力成為黑社會的目標客戶，當時黑社會在果欄附近賣白粉，於石龍街內開賭檔，亦屬常見事。幸好韓亮賢當時年紀太小，黑社會從不招惹；到他長大成人後，如此活動已不像以往般張揚，所以才沒有學壞。他中三畢業後轉做全職，養家兼儲學費讀書，但如此

出賣勞力，讀書就變得沒精力，於是中五只是「掛名」畢業。

韓亮賢畢業後繼續投身果欄，但見做苦力欠晉升機會，亦容易遇上交通意外，辛酸自知。曾經工作時突然下大雨，他就將木頭車推往貨櫃車底，自己躲在貨櫃車下，坐在木頭車上，全身濕透，冷得發抖。他深感要另謀出路，適逢以專賣蕉聞名的「盛昌欄」請人，欄主曹生見他勤奮好學，便聘他為打雜兼焗蕉學徒。由於他當時年輕，因此得「嘜仔」之化名。

焗蕉是一門複雜的學問。香蕉送到果欄時仍是生的，所以要以人工方式催促其變熟。盛昌欄自設蕉槽，早、午要燒香，將槽中的氧氣減少，並模擬香蕉生長的熱帶環境，使用催熟劑，令香蕉變香、變熱、變熟，再進行冷卻，這樣成熟甜美的香蕉才能育成。現時果欄以使用乙烯（本身是香蕉的生長激素）取代燒香的步驟。當時盛昌欄出資，讓嘜仔為不同品種的香蕉做焗蕉的實驗，研究自家快靚正的焗蕉配方。不

要輕視此工作，如配方不當，香蕉可能賣相不佳（不夠黃），或者出現「燒炮仗」的情況：吊起的香蕉因熟透而與果柄斷開墜地。

或許有人會有疑問：為何香蕉不可以放雪櫃？其實將香蕉放入雪櫃會影響香蕉的賣相，因為存放香蕉的最佳氣溫為 13.8℃，但存放於 12℃或以下，蕉皮會變啡，但不會影響果肉的質感。

鉅記乘龍快婿

到了一九八〇年代尾，嘜仔認識了現任太太張寶琳——鉅記老闆張巨森的女兒。他是由苦力做起的窮小子，而她是太子女，父親坐擁數個果欄，由於二人身份懸殊，為了避免同行是非，兩人約會都去遠離果欄的地區，例如赤柱、清水灣等。直至一九九二年二人結婚，岳父張巨森年事漸高，因此逐步將旗下的鉅記果欄交給嘜仔打理。

一九九〇年代正值果欄的逆境，超級市場的普及改變了市民的消費模式。市民從生果檔轉到

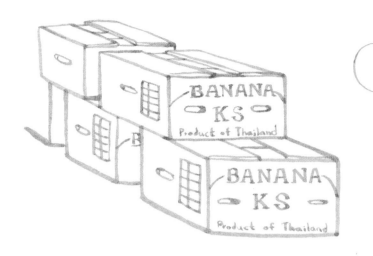

焗蕉時，紙皮箱陳列成「品」字，以便使香蕉變熟。

果欄工作時間之變遷
一九七〇年代尾或之前，果欄如一般街市一樣都是日間營運，後來因水果運入果欄的途徑由水路（經油麻地碼頭直接運抵）改成陸路（經葵涌貨櫃碼頭再轉運到油麻地），果欄對馬路的需求增加，因此果欄的運作時間轉為凌晨，避免與日間上學和上班的車輛爭路。

超級市場買生果，不少生果檔和小店因此結業；而超市自行進口生果，不須依靠果欄入貨，果欄生意大不如前。鉅記果欄大部分伙計當時已近退休年齡，難免傾向得過且過，直到二〇〇五年，當最後一位伙計都退休時，嘅仔見批發生意如一潭死水，就嘗試說服岳父改革，希望往較高檔的日本水果零售發展。嘅仔一直欣賞日本人認真的工作態度，加上消費能力較高的七、八十後都熱愛日本文化，他就與高盛貿易（亞洲）有限公司合作，引入日本蔬果，例如日本南瓜和越南種植的日式番薯等。

影響同行賣日貨

其實在嘅仔此舉前，曾有另一個果欄試賣日本蔬果一年，但反應欠佳，所以當嘅仔再試的時候，就遭同行取笑。但他並沒因此放棄，反而更積極推廣日本蔬果：開辦講座、設立日本蔬果食品展示櫃、請小販試食、與區外水果檔散貨等。結果反應甚佳，就連譚詠麟和鍾鎮濤都會親自到鉅記採購，引來不少同行爭相售賣日

本農產品。「咁就改變咗香港嘅歷史，而家所有生果檔有南瓜番薯賣就係我搞出嚟嘅。」當時生意好到要由晚上十一點工作至翌日下午六點，辛苦但值得。

二〇一一年日本「三一一」大地震，香港人不敢購買日本農產品，曾仿效鉅記售賣日本生果的其他果欄立刻轉賣其他產地的生果，但嘅仔並沒有跟隨，「無人買咪抖吓囉，當堂一個月就肥咗二十磅，因為乜都唔使諗呀嘛！」他反而與妻子一起去日本拜訪供應商，繼續跟他們訂貨，與他們共渡時艱。如此重視情義，種下日後友誼之果：日後日本供應商一旦有好收成都優先供應給嘅仔，更送贈「地域一番店」旗幟給嘅仔，意思是「全區第一」。

迷失的一代

前人種樹，後人乘涼，問韓亮賢子女會否接手鉅記？他說：「唔會嘅，你都唔會做你老竇老母嘅生意啦，你哋呢代好少做嘅落手落腳嘅嘢，

我哋呢代就被迫嘅，要賺錢養家，無論做苦力、做老闆、做古惑仔，做人有個目標嘅，而你哋呢一代人就無嘅，好模糊。」

訪問過程中，我看到他的千金過來探班，她正在修讀有關藝術的課程。我問她畢業後打算做什麼，她答「不知道」，看似跟嘅仔的説法一樣。而我在讀書時，其實跟她的想法差不多，但我現在總算找到自己的志向：畫畫。這初衷其實自小已經在心中，但為什麼要到近來才找回？為什麼我們這一代會給上一代一種「無目標」的印象？或許是因為我們那目標並不如上一代所期望，所以一時懦弱不敢説出來、做出來；或許我們並沒有像上一代要賺錢養家的壓力，才有空間迷失，或選擇要不要繼承家業。但我相信，一旦忠於去做自己所愛的事情時，從中帶出的美與善，或多或少都會給世界一點貢獻吧。

身為女婿的嘅仔成功將鉅記由轉口中國內地生果批發轉成日本蔬果零售，「省靚」招牌後，將來會如何發展呢？嘅仔説：「我開始搞第二樣嘢：中草藥。我睇到個前景，我相信我會做到。」

他申請了一個中草藥品牌的直銷牌照，並計劃與朋友在西貢鹽田仔開一間中醫藥工作室，申請資金去邀請低收入家庭學生到鹽田仔參觀曬鹽過程、遊覽香港第一間天主教堂、糧船灣六角柱石群。「好多低收入嘅學生連個海都未見過，咁做可以幫到佢哋，甚至佢哋都做直銷便可改善他們的家庭環境，相當有意義。」

後記

十分感謝韓亮賢耐心地接受我的訪問，從他三十八年的果欄工作分享中，讓我更加了解這裏的歷史。我自小是一個對歷史科冷感的人，卻十分愛聽故事，聽過嘅仔的故事後，更加鼓勵我去公共圖書館借閱有關果欄的書籍來看，讓我重新認識已共處廿多年的地方。

自出世以來，我已經住在果欄樓上，小時候我以為一個正常的社區就有類似果欄的市場，就正如相信每個社區都有街市一樣。長大後才發覺果欄原來是油麻地的特色，幸好這一點並沒有發現得太遲，讓我畫下這個活生生的果欄！

電影取景：
旺角卡門（一九八八）×油麻地（二〇一七）

多年來果欄都是不少電影的拍攝場地，但其實能夠交代情節之餘，還能原汁原味地呈現果欄風貌的電影卻不多。甚至有些電影將果欄的特色搬到攝影棚內，搭建一個他們理想的果欄廠景，可惜這樣做往往將果欄與社區的關係隔離。要數真正能夠將油麻地果欄的味道真摯地呈現出來的電影，暫時只有一九八八年的《旺角卡門》能給我這個印象。

電影中段有兩場戲於油麻地戲院及果欄拍攝，能讓我從中見到油麻地在我出世前的模樣，然後從中了解當中細節的轉變，超浪漫的！🖤

油麻地戲院門前（《旺角卡門》，一九八八年）

外景｜油麻地窩打老道六號油麻地戲院門前
人｜張學友（飾演烏蠅）、劉德華（飾演阿華）
事｜阿華來找正在賣魚蛋的烏蠅，但遇上衛生辦。
中鏡頭｜烏蠅在街頭叫賣魚蛋

飾演烏蠅的張學友背後有三間小店：「維新藥行」、「德福影視中心」和「大方服裝公司」。據身兼街坊及泗祥號老闆何國標指出，維新及德福前身是「百吉涼茶」，而維新藥行由午後營業至晚上，加上垂直光源來看，拍攝時間應該為中午時間。鉅記欄韓先生指該時段，油麻地戲院生意冷清，因果欄正值午休，而看三級片之街坊也不多。若果現實中真的在此擺檔，相信生意將會慘淡。

維新藥行

（約一九八〇至二〇〇〇年代）

我家甚少光顧，但至今我仍記得老闆的模樣。

大方服裝公司

我對此店亦沒有印象，但我從這個不對焦的鏡頭中仍對這懷舊的裝潢充滿好感。

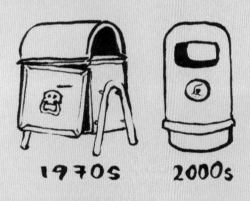

垃圾桶

這款垃圾桶於一九七〇年代開始普及。幾經進化，垃圾桶由一九七〇年代方形抽櫃式變成二〇〇〇年代圓桶；橙色曾轉成紫色，但現在轉回奪目的橙色。

德福影視中心

由此看到一九八〇至一九九〇年代是錄影帶時代。我雖然對這間店沒有印象，但鉅記果欄當家韓亮賢說他曾在此店辦了會員卡，有空就租錄影帶。

橙色露臺欄杆

估計由於二〇一〇年代有關僭建法例生效，此露台的空間現已拆除。

油麻地戲院門前（二〇一七年）

至二〇一七年，同樣位置的三間小店已經變成
（左起）「進濤果欄」、「四記果欄」和「海島
雞煲烤魚專門店」。

進濤果欄

由二〇一三年至今，由兩位八十後創業。其
中一名老闆馮志聰的父親在此店開業不久就
在附近因車禍喪生，幾經辛苦下「進濤果欄」
已上軌道，於門市及網上零售高級生果。

四記果欄

一九四三年成立，近年由新填地街總店擴張
至此。由於甚少見此舖開門營業，估計它只
作貨倉用途。

海島雞煲烤魚專門店

大約於二〇一四年開業至今。總店位於轉角
的上海街三四九號，晚上才營業。

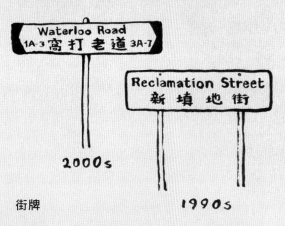

街牌

路政署由二〇〇五年起更新了街牌的設計，
新增了箭嘴及街道號碼，的確此設計使人更
易找到目的地。

窩打老道與新填地街交界（《旺角卡門》，一九八八年）

寬鏡頭｜阿華從油麻地窩打老道與新填地街交界（「秀和欄」）走向烏蠅

果欄

一九七〇年代至千禧年代，因要避開日間交通，果欄日間關門，凌晨至早上七時才營業。

油麻地戲院

一九八五至一九九八年結業前專放映色情電影。藍色紙皮石牆身約於一九九〇年代換成粉紅色。

欄杆

此類為空心燒焊式圓柱鐵欄杆，雖然比較好坐，但萬一受撞損毀會露出缺口，空心設計容易使人割傷。現以方條實心欄杆取代。

戶外晾曬

將衣物在窗戶外面晾曬曾是香港特色，但隨著舊私樓劏房化及香港人的生活節奏越來越急促，洗衣和乾衣都已外判給洗衣店；現代公屋及私樓的設計和制度亦不鼓勵戶外晾曬，使這香港特色不再。

煙草廣告招牌

一九九〇年代起，煙草廣告逐步被立例禁止，因此圖中「Kent」及「Marlboro」廣告招牌現已被拆除。

無牌小販

圖中右邊男士正在飲無牌小販售賣的蔗汁。香港自一九七〇年代已停止發放流動小販牌照，自此以後無牌小販只好「走鬼」，削減基層市民自力更生的選擇。

窩打老道與新填地街交界（二〇一七年）

新置招牌色彩豐富，但多為數碼打印橫額，質感欠奉。一九九〇年代街牌僥幸保存至今。

油麻地戲院

二〇一二年重開後成為戲曲表演場地，入口兩邊加裝了斜道方便輪椅人士出入。牆身換上簡潔的白色和灰色。隨著戲院重開，石屎地鋪上磚頭，近馬路位置亦安裝了盲人引路橡膠貼。

天橋

一九九〇年代西九龍實行填海工程，及後行人天橋建成、香港理工大學西九龍校園約於二〇一二年啟用，是欣賞日落的好地方。

果欄鄰近大廈

近年翻新之大廈牆身較多色彩。

廣東道休憩公園

廣東道與窩打老道交界的唐樓於一九九〇年代拆卸，現為一個休憩公園。

日間果欄零售

以往在日間休息的果欄，約於二〇〇五年起以零售形式營業。

油麻地戲院（《旺角卡門》，一九八八年）

內景｜油麻地戲院內
人｜張學友（飾演烏蠅）、劉德華（飾演阿華）
事｜二人吵架
拉鏡頭｜烏蠅發晦氣，生氣離開。

色情通姦物語

日本色情電影，原名為《曾根崎情死行　赤い
したたり》，中沢慶子首部主演電影，一九八七
年二月於日本上映。中譯海報的標語為「老公
無料到　情夫有勁度　原來造愛咁好玩　簡直
令人沒法擋」。由日文原戲名及劇照來看，「曾
根崎」是大阪市的一個社區，「情死行」大概
是殉情的意思，因此由日文戲名的意思來看完
全沒有色情意味，與較露骨的中譯名是完全兩
回事。

無論海報和劇照都是一張張人手貼上，中譯名
字和標語更是另一張紙貼在原有的日文海報
上。三個燈箱同樣張貼同一部電影海報，是否
指此戲院當時只上映一部電影？從現時仍然生
存的舊式戲院來看，它們同時上映的電影數量
比現代戲院的少，加上那時迷你影院漸普及，
相信這現象或多或少反映了觀眾的多元化口味
及戲院生存方式之改變。

網罩風扇

冷氣時代前的夏日必需品，現時仍常見於果欄
及舊式大牌檔，十分強力大風。

自動售賣機

現時香港大部分的戲院都不會有自動售賣機，因
為設有小食部，成為戲院除票房外另一收入來源。

油麻地戲院（二〇一七年）

粵劇新秀演出系列

為推廣和傳承粵劇文化，油麻地戲院在此向粵
劇新秀提供演出平台。

博物館宣傳海報

由於油麻地戲院自重開後便成為康樂及文化事
務署轄下的設施，因此可以看到康文署之推廣：
即日起康文署免費開放五間博物館之常設展覽
予公眾參觀。

消毒潔手機

自二〇〇三年非典型肺炎肆港後，港人對公共
衛生的意識提高，因此消毒潔手液在人多的室
內空間變得普及。

裝潢

戲院室內設計已全面翻新，有冷氣和盲人引路
徑等無障礙設施，光線充足，感覺大方。

劇院

翻新後設有三百個座位
（當中包括四個適合坐
輪椅者座位）的劇院，
用作各類戲曲演出及
相關活動。

新填地街（《旺角卡門》，一九八八年）

寬鏡頭｜二人在果欄避雨

疑似亂拋的紙皮箱

紙皮箱之所以存在，應該是因為場景構圖需要，或是襯托阿華此刻沉重的心情（美寶剛告訴阿華她已結婚，但阿華懷疑眼前前度懷有的孩子是否由自己「經手」），我估計或許是美術指導張叔平的心思。

外景｜油麻地新填地街果欄
人｜劉德華（飾演阿華）、黃鶯（飾演美寶）
事｜阿華跑入果欄避雨，卻遇到前度美寶。

推鏡頭｜阿華在果欄避雨

石龍街果欄十六欄

帆布下全是果箱，通常下雨天就會在果箱上蓋上帆布，以免弄濕。

紅 A 燈罩

我自小對果欄的印象就是紅 A 燈罩，慶幸現在仍保留此特色。

油麻地戲院後面

據鉅記欄當家韓亮賢憶述，這裏原本是「富如酒樓」，樓高七層，沒有電梯，後來被拆卸。

新填地街（二〇一七年）

港發鮮果批發

以我所見這是果欄最耀眼的現代招牌——招牌
上的字都釘滿了 LED 粒。

紙皮箱

現在的紙皮箱對紙皮婆婆來說都是珍貴的，就
算雨天她們都出動回收，頭笠藤帽及膠袋，身
穿一件寬鬆的黑膠袋或黑雨衣，推著一架用木
板擴大了承托範圍的手推車回收紙皮。

....

紅 A 燈罩

紅 A 燈罩比以前的數量更多，比以前的「光
猛」。的確，現在的果欄不像以前般給人一種黑
社會的形象，日間零售店無論推銷員或客人都
不乏女性，區外人都放心在果欄內遊覽，天天
都很熱鬧。

東寶閣

樓高七層的富如酒樓拆卸後，二十三層有電梯的
「東寶閣」落成。自二〇一六年六月起，因廣華
醫院重建關係，「廣華醫院──香港中文大學中
醫藥臨床研究服務中心」便遷往這裏繼續服務。

私家車停泊

中產家庭常到果欄買生果，並將車輛停泊在一
旁，但因此地其實不准泊車，警察常在此抄牌。

走入油麻地社區小店

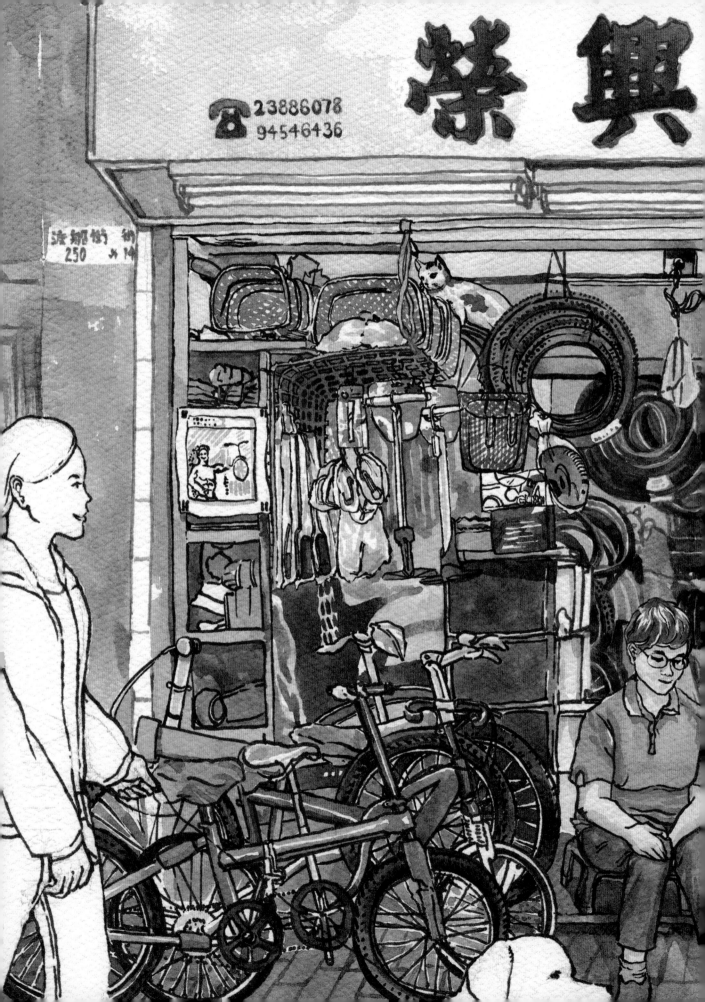

小店人物專訪：
榮興單車鍾漢強

二〇一四年底，我在彌敦道寫生時，喜歡在附近散步的「榮興單車」老闆鍾漢強跟我搭訕，他說欣賞我的作品，並邀請我到他的店作畫。問問地址，才發現他的店原來在我家附近，只是我從來不察覺，結果由於與他的偶遇，我就有一個認識油麻地小店及街坊的機會了！

隨父來港修單車

鍾漢強生於一九四七年，籍貫廣州，是家中的長子，有三個妹妹和一個弟弟。在一九五〇至一九六〇年代，母親曾愛珍和舅父曾廣德在廣州經營單車修理店，叫「廣珍單車」；而父親鍾善興經營單車車胎生意，叫「榮豐車軚」。鍾漢強身為長子，要負起養家責任，十三歲就跟父親學習維修單車。一九六五年，父親移民到香港，在油麻地東安街五十號成立榮興單車，兩年後鍾漢強亦移民到香港幫父親打理生意。

當時單車是香港基層重要的「搵食」及代步工具。在街市賣豬、雞、魚、菜、米和雜貨等的小販，都要靠單車送貨；而基層的打工仔就會踏單車上班，渡海小輪亦容許單車及車輛一同過海。儘管單車是平民的交通工具，但價錢並不便宜，當時一般打工仔的月薪為一百多元，而一架送貨單車售價就要二百多元哩！在這黃金時代，單是短短的東安街同時便有三間單車維修店，榮興是其中一間。需求大、競爭亦大，就算每日工作十四小時，鍾氏父子只能勉強餬

口。每天早上八時至晚上十時營業，為了節省金錢，他們晚上拉閘關門後就打開兩張帆布床睡覺，有時睡至清晨就有客人拍閘「求救」，十分困身。

偶結良緣夫妻檔

一九六〇年代末，東安街五十號對面是一座工業大廈。當時是穿膠花的時代，有一位工廠妹經常路過榮興，十分欣賞鍾漢強的手藝，她就是現時的鍾太。「我覺得佢好叻。」如要她想起以前對鍾生的感覺，她只會含羞答答地回應了這一句話。問到是初戀的關係嗎？「我哋嗰時好簡單，邊度會好似你哋咁左揀右揀？我哋嗰代通常拍兩三年拖就結婚啦！」九龍公園、海運大廈是他們經常約會的地方，沒有燭光晚餐，但有君相伴，自此榮興單車新添一位成員，二人結婚後，鍾太成為鍾生的左右手，充滿默契。鍾漢強說：「夫妻檔就係咁，有時對方出去食飯唔喺度，就有啲『騰雞』，我平時叫佢拎呢樣攞嗰樣，我其實都唔知啲嘢擺喺邊；到我去食飯，佢要搬重嘢嘅時候我又唔喺度，所以啲客話我哋好夾，我哋又真係無乜鬧交，最多只係講幾句。」

地址：油麻地渡船街 250 號有利樓 B3 舖
營業時間：星期一至六 10:30-20:00、星期日 14:30-20:00
電話：2388 6078 / 9454 6436

49

服務街坊大半生

榮興單車至今有五十多年歷史，經歷了兩次搬遷，主要是負擔不起租金加幅所致。由東安街搬往渡船街，現址的店舖由一位良心業主以低於市價租予鍾漢強，使他可以繼續服務街坊。雖然現時單車的角色有功能上的轉變：由送貨、代步工具變成消閒、運動，並引致榮興的目標客戶大大減少，但同行大半已退休，加上鍾漢強多年來已有不少熟客支持，所以現時的生意整體上仍能維持。他對每位客人都盡力做好工作，「好多客人都『唔該』前『唔該』後，我就有雙重滿足！一是能夠賺到人工，二是工作被人認同。」

榮興的客人來自不同的年紀及背景，其中一班老主顧就是單車送貨的師傅或長期使用單車的代步者，他們通常是五十歲或以上的大叔或伯伯。他們的單車已使用了很多年，由於單車某部分出現問題，所以需要替換部分零件。光顧逾三十年的熟客梁先生表示：「我由有頭髮幫襯到而家無晒啲頭髮。」梁先生為船隻維修公司工作，舊址在油麻地，當時未填海，梁先生就到油麻地避風塘維修船隻，而鍾漢強的公司有一輛單車來代步，於是就在附近維修單車。梁先生與鍾漢強的工作性質類近，梁先生見他的工藝仔細，為人老實，公司的單車一有問題就去找他。就算現時公司已經搬去大角咀，單車如需修理，梁生亦會由大角咀搬單車到油麻地榮興維修。

除了「搵食車」需要維修外，以單車代步的客人亦需要榮興單車。鍾漢強憶述，有不良於行的客人必須以單車代步，因對他們來說步行一條街亦是困難的事，所以他們的單車出現問題就要找榮興急救。有一次鍾漢強剛到榮興準備開門，那位以單車代步的客人就邊吃早餐，邊坐在閘前等他。雖然那客人住在附近，但對那客人來說，單車壞了就等於任何地方都去不了，所以他是坐的士載著有問題的單車來榮興等鍾漢強開門。

另一方面，由於榮興附近有籃球場和公園，所以找榮興為皮球或籃球打氣的青少年及小朋友亦為數不少。一到周末，有關的需要尤多。

古典單車迷聖地

榮興還有另一群「特別的」客人，他們就是古典單車發燒友。一九九七年香港回歸中國前，英國送貨單車「客家佬」（Hercules）、「三槍」（British Small Army）和「巴士牌」（Pashley）的代理商順英單車行結業時，將數百個一九六〇、一九七〇年代生產的車架轉賣給榮興。那些車架現已停產，所以這些單車已經是年逾四十年的絕版車。上述三個「來佬」單車品牌中，以「巴士牌」的鋼水最重最厚，耐用性最高，可用幾十年。

現時鍾漢強仍接受組裝這個古典單車之訂單，由於工序複雜及人手有限，組裝需時兩個月左右。其中一名熟客兼好友的是香港古典單車會會長朱健恆。朱健恆在二〇〇九年玩國產「鳳凰牌」單車，當時他的車友向他推介英國產「客家佬」單車在榮興有售。當朱健恆第一次見鍾漢強時，覺得他和藹可親、好客，「鍾生見我買『客家佬』，佢特登將車架放置在背景潔淨嘅位畀我影相。」自此兩人成為好友，常一起飲茶，一飲就談天數小時，朱健恆又跟鍾漢強購買英國單車零件，之後再購入「巴士牌」石油氣單車。直至近年因鍾漢強太忙，朱健恆維修單車的工作才找鍾漢強的朋友代勞，但二人還有聯絡。鍾漢強和他的車友來自不同行業，好奇心重的他十分享受與車友們交流各行各業的情報，而車友們亦幫助他與世界接軌，例如幫鍾漢強開 WhatsApp 及 Facebook 戶口等。

夕陽行業缺新血

鍾漢強在榮興工作多年，期間曾經有轉行的念頭，「一九七〇年代中潮流興考車牌，所以就試吓。」他當時考了私家車、輕型及中型貨車、私家及公共小巴、私家及公共巴士的駕駛執照，但由於欠實際的馬路駕駛經驗，難以將馬路路線好好記住，所以為了馬路使用者的安全，他並沒有轉行。那麼有否想過退休？「暫時無條件退休。」

目前鍾漢強一家租住油麻地附近的一個單位，租金高，需要與幼兒子共同負擔。儘管他的體能已大不如前，但要應付日常支出，他還是必須努力工作，「我以前蹲著修理幾小時單車都可以，近呢三、四年就要坐凳仔啦！」問及他有否打算將榮興留給兒子繼承時，他說：「唔會，佢有其他興趣。」鍾漢強深知經營榮興的血汗和辛酸，連外人都沒有興趣入行，「我們搬至現址八年多，主動到此求職的人只有三位。」他慨嘆傳統單車維修行業已到夕陽，原因複雜：

一、單車被其他交通工具取代：送貨單車容量較小，加上貨品於單車運送時容易因天氣或外來因素受損，現時人們較多使用輕型貨車運送少量貨物，無論對駕駛者或貨物都較安全。另一方面，香港車輛數量較以前多，單車使用者較以前危險，一般上班族都選擇乘搭公共交通工具。少人使用單車，對單車維修的需求自然減少。

二、後無繼人：由於維修傳統單車行業的服務對象乃草根市民，收費不能高，故維修者的收入大多不高，加上工作環境既不舒適，又須體力勞動，故整體而言，此行業未能吸引新人入行。

後記

鍾漢強無論工作或居住都紮根油麻地，五十年來都十分享受在這舊區生活。他認為不少老店、小店仍能繼續經營，食肆多選擇、價錢公道，舊建築也能保留，例如油麻地警署、果欄、紅磚屋等，加上榮興附近的五金店又能提供榮興所需的物資，例如油漆、潤滑劑、螺絲、小零件等，生活實在方便。

經過多次跟鍾漢強的訪談後，我就多了一位老實又健談的街坊朋友。他雖然工作忙碌，但仍不忘接觸新事物，喜歡看英文字典，如有外國遊客拜訪亦積極用英語溝通。他既懂得欣賞其他老店工藝，又會使用智能電話及藍牙喇叭等。「近排有好多人嚟呢度捉小精靈」，他笑

說。他是與現代生活十分接軌的街坊，完全不像一位七旬的長者。他常自嘲「唔轉行，唔識變通」，我倒是欣賞他的謙虛、對世界的好奇心、勇於實踐並學習新事物。希望榮興長做長有，鍾老闆一家幸福快樂。

單車術語

一般客人來換車胎、打氣，或者更換局部零件，看似簡單，其實不然。另一顧客鍾燕齊表示，鍾漢強的維修單車技術一流，於「彈鈴」一技可見一斑。彈鈴又名「較鈴」、「較轆」，是一門組裝單車輪或是修理左右車輪不平衡（通常因「炒魷魚」導致）的過程。透過「彈鈴」，能使輕微扭曲的車輪變回垂直狀態。原理是單車車輛由多條鋼線拉成，只要拉得左右兩平衡，就能使車輪變得垂直。方法如下：

「彈鈴工具」：較轆架和鋼線匙
此部日本製的較轆架（左）已經使用了三十年以上，現已十分罕有。而鋼線匙（右）的不同凹位用來調整不同粗度的鋼線的鬆緊。

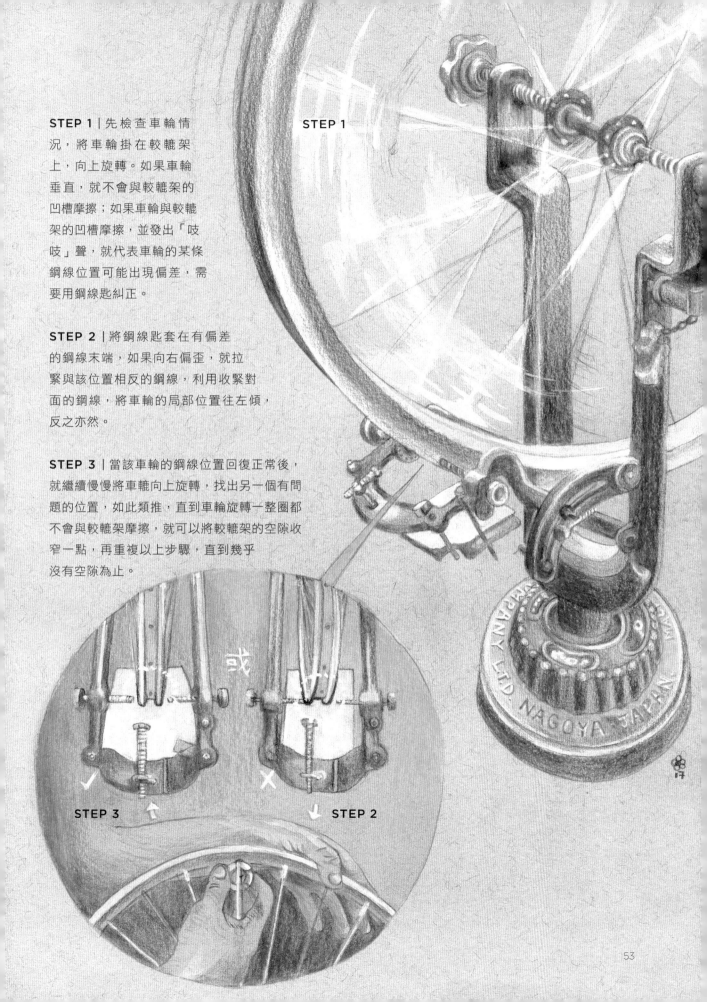

STEP 1 | 先檢查車輪情況,將車輪掛在較轆架上,向上旋轉。如果車輪垂直,就不會與較轆架的凹槽摩擦;如果車輪與較轆架的凹槽摩擦,並發出「吱吱」聲,就代表車輪的某條鋼線位置可能出現偏差,需要用鋼線匙糾正。

STEP 2 | 將鋼線匙套在有偏差的鋼線末端,如果向右偏歪,就拉緊與該位置相反的鋼線,利用收緊對面的鋼線,將車輪的局部位置往左傾,反之亦然。

STEP 3 | 當該車輪的鋼線位置回復正常後,就繼續慢慢將車轆向上旋轉,找出另一個有問題的位置,如此類推,直到車輪旋轉一整圈都不會與較轆架摩擦,就可以將較轆架的空隙收窄一點,再重複以上步驟,直到幾乎沒有空隙為止。

STEP 1

或

STEP 3

STEP 2

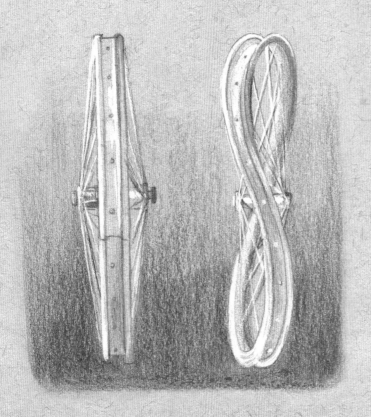

「炒魷魚」

正常車輪是完全垂直的，能走成直線，成「1」字形。但當車輪被硬物撞歪，就會變成「8」字形，不能直線行走，稱為「炒魷魚」。這問題可用「彈鈴」的方法解決。

「跑馬仔」

車輪不是圓形，而是橢圓形的話，單車前進時就會「跳吓跳吓」，不能貼地，此情況就叫做「跑馬仔」。

成因大致有二：

一、車輪不是圓形，而是橢圓形；

二、單車師傅彈鈴手工欠佳：

    A. 如果輪圈內鋼線的長度不一致，會令圓心偏離中央，踏單車時車輪受力分佈不平均。

    B. 安裝車軚時，不是沿著車輪的中間對齊。

「打飛機」

送貨單車的腳架如果設計不良就會發生的問題。如果貨物放在單車後輪上，單車架的高度使後車輪離地越高，當撥開車輪架時，後輪因貨物的重量著地的力度就會越大，前輪就會因此彈起，這就是「打飛機」。如果腳架設計良好，使後車輪於泊車時盡量貼近地面，就能避免「打飛機」的情況出現。

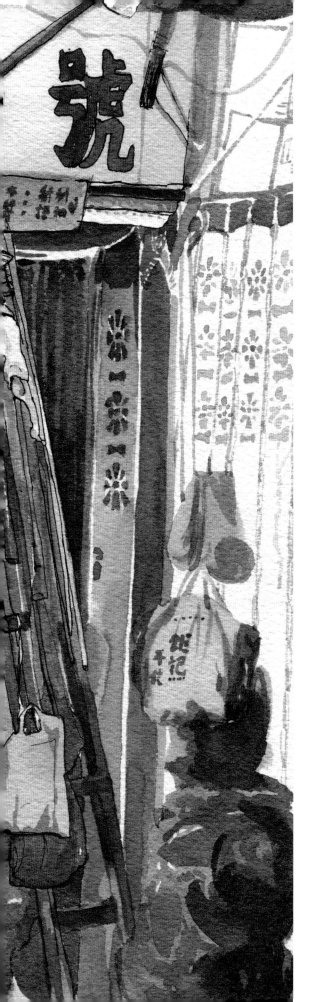

小店人物專訪：
利和秤號何太

目前油麻地仍有不少可愛小店，「利和秤號」是其中一家。決定畫利和，源於老闆娘何太給我的第一印象：「棟」起一隻腳工作。這習慣跟在家作畫的我相似，於是就跟她搭訕起來了。

認識何太一年多，她很坦率、忠於自己、充滿自信。有時我經過果欄買生果，順便走過利和時，就會送她一些生果，她有時接受，有時拒絕，視乎心情。又試過問她可否拍攝，她通常都答應，但有一次拒絕，原因是頭髮不好看，叫我兩星期後、待她剪好頭髮，就可以拍攝了。我又曾問她的全名，她堅持叫她何太就可以，她亦從不會問客人的名字。估計這個性是與她以前是「太子女」的身份有關吧！

承父業逾六十載

何太其實不太記得利和的歷史，例如她父親黃源璋何時創業，為何命名店舖為「利和」，她都不記得了，只能從她的年齡估計利和的創業年份。何太生於一九三八年，籍貫南海。她父親年輕時在廣州學師做秤，過程辛酸，經常給師兄、師父欺負。例如一起食午飯時給師兄們喚去買腐乳，到他買回來時，餸菜已吃光了，結果他只有腐乳伴飯。學滿師後就移民香港，到現址創業，幾年後存了「老婆本」，回鄉娶妻，並誕下何太。由於利和在何太出世前已創立，所以只知道利和創立於一九三八年之前。

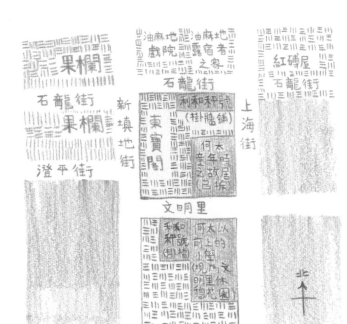

藍色部分是何太的童年生活圈

地址：油麻地上海街 345 號橫門
營業時間：不定，前往前請先致電查詢。
電話：2771 6471 / 2426 9560 / 9815 7549

利和是一間掛牆舖，何太於二戰後移民到港就開始與油麻地結緣。當時利和生意興隆，有兩位師傅、一位學徒，而何太與父親黃老闆就住在利和後面的一幢唐樓（現已拆卸，於上海街三二七號），何太亦在她家對面的唐樓讀私人小學（唐樓亦已拆卸，現時為文明里休憩花園），可見她整個生活圈都在這五十米的範圍內。

何太憶述自己小時聽話，父親叫她到利和幫手一定幫，反而無心向學，小三畢業就全職做「太子女」，「好過去打工嘛！」她十三歲左右開始學習做秤，但她很享受做太子女的生活。「老豆喺度就勤力啲，老豆唔喺度就『無王管喇』，想睇戲？同佢講句『老豆，我去睇戲。』就得。油麻地嗰時有幾間戲院，想睇邊套咪睇邊套囉！」當時利和大約早上八時至晚上十時營業，而影院尾場大約於晚上九時半開場，她不用全日都在利和工作，想看電影時就下班。看電影有時自己看，有時與金蘭姐妹同行，與當時一般打工仔相比，一日工作十多小時，一年工作三百六十多日，只有農曆新年才休息，何太這

彈性上班時間真的幸福多了。那麼星期日呢？「我哋啲老古董邊有星期日，呢啲係新潮嘢，幾十年前無禮拜㗎！」

「太子女」情定油麻地

事業、生活皆如意，那麼何太是怎樣結識何生呢？「唔記得喇，呢啲嘢自自然然會嚟，好微妙，係咪？你等佢又唔嚟，你唔等佢佢就嚟。」現時利和對出的新填地街都是廚具、中國神祠用品的專門店，但幾十年前卻全是賣布的，「以前個個買布做衫，而家你哋就買衫。」何生是在附近工作的車衫工，亦住在公司，每逢農曆初二、十六「做牙」休息，到與何太結婚後就一起搬出來租屋住。

利和創業最少八十年，現檔口則有五十多年歷史，原來幾十年前利和經歷了一次重建。在重建期間，利和曾經搬往本店後街的文明里排檔（文明里休憩花園旁）繼續營業，到重建完畢後再搬回現址。文明里的排檔仍保留至今，雖

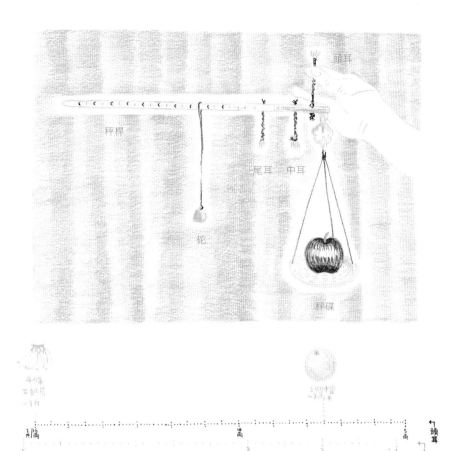

然每年要交數千至一萬元的排費，但想不到二〇一八年利和就要遷往這排檔。原因同樣是重建，但這次重建後就搬不回來。如此大工程，已經年近八十的何太豁達地說：「而家有幾個月通知，咪續啲續啲搬，呢幾個月都會賣到一啲，到時就搬少啲。」問她需不需要幫忙，她往往說不用，性格倔強得可愛，這大概是子女多番勸退，但仍堅守利和的原因吧。

呃秤到底真定假

一九七〇年代以前是做秤業的黃金時代，街市檔檔都用秤，但秤如此耐用，為何熟客仍不斷回來光顧？因為以前常「走鬼」，秤丟失了又來購買。可惜一九八〇年代政府推行十進制，當時的電視宣傳廣告將秤塑造成「呃秤」的形象：「買嘢重用嚟秤？落後啲啩？如果撞啱唔夠秤嘅話，重會買貴咗嘢㗎！要重量十足十，價錢公道，就應該指定用十進制量器，社會進步，就自然採用現代化的量重方法。採用十進制，公道又易計。」廣告中飾演小販的黃天鐸由秤轉用彈弓磅的形象深入民心，結果傳統的量重工具逐漸被淘汰，究竟秤是否如此難用？又是否有呃秤之現象？於是我決定學習用秤，何太送我一張學用秤的口訣，她叮囑我要將它過膠。但在明白口訣前，要先明白秤的結構和使用方法。

在利和常見的秤有四種：金秤、藥秤、味秤和漁秤。顧名思義，金秤用來量金，藥秤來量中藥材等。而秤的不同部分都以不同材質製造，

以藥秤為例，它的秤桿用牛骨造（以前用象牙造，而味秤則用耐抗蟲蛀的坤旬木），秤碟、砣等金屬位置則用銅，三隻耳的線條就用優質的棉線。

基本的運作原理是用右手提起秤桿上的耳，左手適當調整砣的位置，使秤桿上的量度物品與砣呈水平狀態，然後讀出桿上秤砣所標示的重量。越重的物品，就傾向用越接近物品的「耳」去量重，不同的耳在同一支秤桿上要看不同的刻度。

如果使用藥秤良久，就會對分、錢、兩、斤有基本概念。何時使用頭、中、尾耳都清楚明白，熟能生巧，所以用秤不難，只是不同類型的秤有不同的起重點，例如藥秤中耳的起點是一兩，而味秤的中耳起點就是一錢。加上那些刻度多數是面向量重的人（即小販），所以身為消費者只能信任對方。可惜現代社會比以前複雜，街坊之間的感情較疏離，大家因此傾向信任比較能清楚顯示重量的彈弓磅，以防「呃秤」情況出現。重點是香港政府力推十進制，把秤淘汰。

獨力守店存手藝

雖然何太堅持賣秤，但她亦同時引入少量彈弓磅幫補收入。彈弓磅、電子磅的確比較方便，但它們亦有缺點：不耐用及怕水。據來自長洲賣魚的熟客夫婦表示，他們以前都用利和的秤，雖然耐用，但為了讓客人都清楚知道重量，他們近十年已轉用彈弓磅。不過彈弓磅因為抵不住水中的鹽份而常壞，每年需要換兩至三個磅，而電子磅更不防水。他們說利和賣的磅比其他地方賣的磅耐用，所以每年都會特地由長洲出來到油麻地幫襯何太，亦不會與何太講價。他們說：「利和價錢好老實，一定唔減價，想講價不如慳番啖口水飲咖啡好過！」

現時利和風光不再，父親離世，當年做秤的師傅已經全部退休，只有何太一人獨守利和。由太子女成為老闆娘，由以前可以「蛇王」到現在「一腳踢」，這份堅持源自她對父親的愛與思念，「爸爸當時做秤好有恆心，所以我希望他學到的技能在世上流傳。」然而這傳統手藝大概到何太這代就要終止，「我有七個囝囡，十三個孫，無人入行，你呢行要搵到食先得㗎！大佬

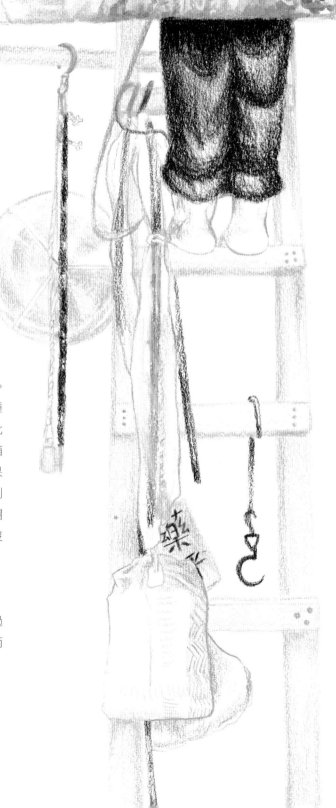

利和秤
敬啟者
本秤店
無批發
秤同厘戥
無給與任何人代售
兩斤不準確
與本秤無閂店
多謝光顧

電話號碼
27716471
24269560
毛毯 98157549

呀！」她現在只希望利和能開多一
日就一日，不用照顧孫兒的日子就
來營業。

營業期間不時有街坊探望及關照何
太，例如訪問當日見到的日曆是「新
奇士鮮果」印製的，何太說這是果欄的
果販送贈的。問她有否在果欄買生果的習
慣，她說沒有，但她以前曾買過一籮荔枝來吃。
「一個荔枝三把火」，難道何太不怕熱氣？「鍾
意都無計，邊理得咁多？」但面對當時只做批
發的果欄，何太從不考慮購買其他生果，「一箱
有咁多橙，點食呀？」可見何太最喜歡的生果
就是荔枝。除了來自新奇士的日曆之外，在利
和電錶箱上也看到三隻波鞋，何太估計是果欄
工友留下，有需要時就來更換。但何太從來沒
有與物主見過面，她覺得人家有需要這空間，
而她又用不著，就讓別人使用。

從來沒有其他人知道何太的名字，她也從不過
問客人或街坊的名字，彼此卻沒有隔閡，反而
相處融洽。這是多麼可愛的何太！

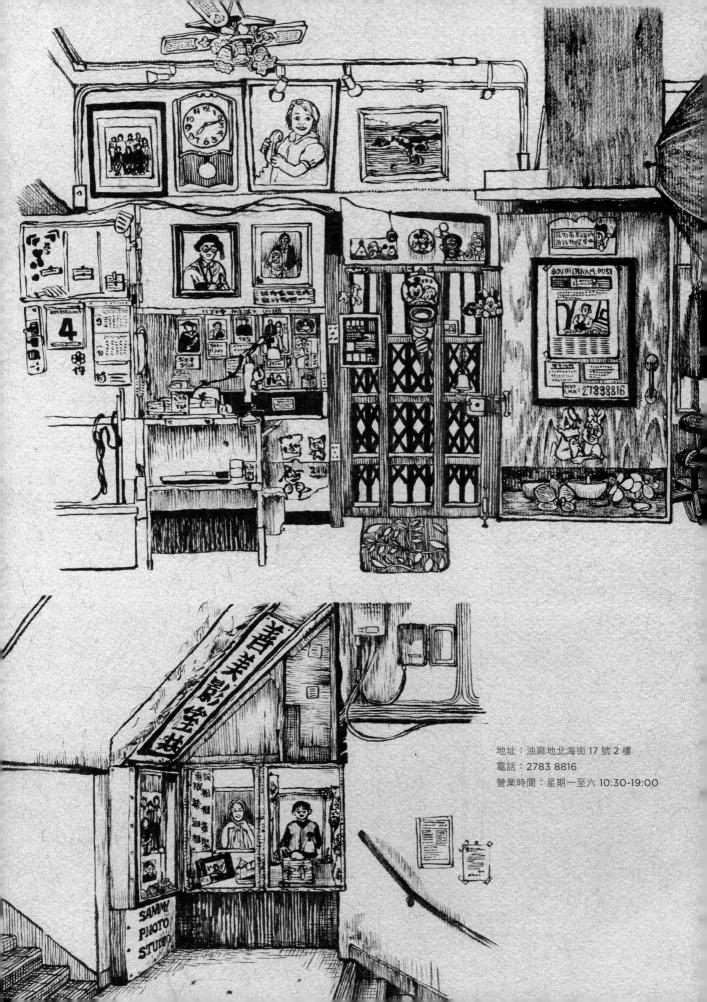

地址：油麻地北海街 17 號 2 樓
電話：2783 8816
營業時間：星期一至六 10:30-19:00

諸勿在影室內,
自行拍照或攝錄

4

小店人物專訪:
善美影室林國盛

我之所以認識「善美影室」,是因為榮興單車。
兩間同區的小店本來互不相識,然而當我畫好
榮興單車的作品並分享在面書後,曾經是單車
發燒友兼現任銀の文房具(近日因業主不續約
已被迫搬遷)老闆鍾燕齊便在面書給我回應,
介紹香港傳統影樓的小店,其中一間就是善美
影室,並提議我為善美作畫。因此我第一次拜
訪善美並非為了拍照,而只是抱著好奇的心探
索自己對這社區未知的一面。

影樓滿佈懷舊擺設

善美在一座唐樓中,地面的入口只有約一米
闊,並給兩間連鎖店夾住,更顯狹窄。抬頭看
到一個用木條拼出來的「尖尖照相」的招牌,
旁邊及唐樓樓梯間有很多善美影室與尖尖的招
牌,並有多張過去的攝影作品,與唐樓常見的
鐵皮郵箱及電錶箱並存。

這是我第一次拜訪影樓。家人從來沒有到影樓拍照的習慣，自小只有羨慕人家的份兒，今次總算踏出了第一步。影室鐵閘前的門鈴是原始的金罩木柄，搖一搖門鈴，開門的就是老闆林國盛，「係『老餅』，唔係老闆。」這是林國盛其中一個介紹自己時常開的玩笑。

一入到影樓就是「客廳」，懷舊味濃。抬頭看，昏黃的木製吊扇燈光下有多幅「全家福」掛在牆上，幾代同堂、小康之家的都有，他們的姿勢嚴謹得來不至生硬。從恰到好處的笑容中，看得出一家人齊齊整整的歡樂，彷彿聽到他們的笑聲；從斯文、大方得體的衣著打扮，看出他們對拍攝這張相片的重視。儘管不同相片中的人之間並不認識，但他們拍攝的相片卻共享了相同的背景：影樓實景或是雪花紙的佈景，使這客廳倍感和諧。

除了大合照外，小小的證件相鋪滿了櫃枱枱面，當中找到不少熟悉的面孔：張家輝、林子祥、汪明荃、李香琴、謝雪心、羅家英等；另一邊化妝鏡旁還有鄧梓峰、梁國雄、高永文、涂謹申等，令剛剛認識善美的我倍感親切可靠。林老闆解釋說，因為這裏常被租出場地拍攝電視、電影，藝人們都順道在此拍照；另外，附近有不少名校和伊利沙伯醫院，學生和護士都來拍證件相。

影室內還擺滿了玩具、小型卡通公仔和擺設：

門口上方掛了一個小籃球架，左轉走到攝影室有一架火車頭和長頸鹿造型的玩具車、加菲貓抱枕、企鵝造型鬧鐘、玩具電話等，時鐘上還放了一個個拇指般大的塑膠公仔，牆和燈掣上也貼滿卡通貼紙。老闆說這些擺設都是為了令小朋友在拍照時露出笑容，當中不少是一九九〇年代的產物，頓時有種找回童年回憶的感覺。

逆「流」而上接手影樓

然後老闆林國盛派名片給我，名片四邊都切成波浪形狀，像媽媽以前在影樓拍攝黑白相片的花邊，「（張名片）用嚟搲痕嘅，好有用㗎！」他笑說。名片白底紅字，既鮮明又老實，但與這裏的和諧格調不太合襯，因此近年就轉成啡底白字的設計了。名片座上有兩張寫有「回家的感覺」和「OUR HOME, OUR HISTORY」的小字條，這是他從報章廣告剪出來拼貼在店內的。林老闆說，因為這裏是一個個「家人」聚集的地方，所以他在善美等待「家人」回家。

可惜傳統影樓攝影的黃金時代已過，由全盛時期有十個同事，到現在只餘下三、四人。現時善美主要做舊客的生意，那些舊客是「尖尖照相」的父子兩代老闆劉慶鏞和劉唯康累積下來的。現在幾乎人人轉用數碼攝影，年輕人可能連菲林都未見過，加上菲林攝影工序多、成本高，服務定價自然比數碼攝影高，實在難以吸引新顧客，就算是舊顧客亦有不少沒再來光顧。

林國盛（右）於一九八〇年代擔任黑房師傅時，收了石貴南（左）為徒，自此合作無間。

一九九〇年代，面臨數碼攝影的興起，第二代尖尖照相老闆劉唯康已經預視菲林相攝影即將被淘汰，所以於一九九六年決定急流勇退，移民加拿大。但為何林國盛仍決定接手？這就要從他童年時與尖尖結緣講起。

師承尖尖愛曬相

林國盛生於一九四九年，兄弟姐妹中排行第三。他們一家都有到影樓拍照的習慣，那些家庭照亦有「公屋相」及社會福利等的用途。因為以前入住公屋、獲得教會和社福機構資助食品，都需要有一張家庭成員的合相。一九五〇年代是黑白菲林的時代，林氏一家無論大人、小孩，幾乎都梳個「蛋撻頭」，而父母和長子穿新衣服，次子就穿兄長的舊衣服去拍照。當時未有電視機，一幅「夠肉」（立體感）的黑白「全家福」能令客廳生色不少。當林國盛六歲時，父親更帶他到尖尖拍他人生第一張學生照。以前他不喜歡這張相片，因為眼睛向下垂，怕給人取笑是「低能仔」；但現在他反而很喜歡，因為能呈現他當時害羞的一面。

到林國盛中學畢業，一九七〇年會考「肥佬」，曾做丈量員（政府公務員），「呢份工蛇王多過做嘢，學唔到嘢點得？」丈量員的主要工作是量度新界的土地面積，是退休前的「筍工」。但林國盛工作只一年多，越做越「無心機」，生活刻板，朋友於是提議他轉行。以前讀書時，他

發現對黑房曬相有興趣，認為前線的攝影師要應付客人比較複雜，反而身處黑房就有自己的空間，更適合自己，於是他就到尖尖毛遂自薦做攝影學徒兼雜務。學徒工作較以前忙碌得多：日間從事黑房工作，夜間跟師父外出拍攝宴會或婚禮相片（簡稱「外影」），但他樂在其中：「你有興趣做嗰樣嘢就唔會覺得時間難過。」然而，最重要的影樓攝影並不外傳，因為這樣最能避免同行競爭。

一九八四年，林國盛到九龍塘的大型婚紗攝影公司擔任黑房師傅，兩年後，他負責教一位學徒，他就是石貴南，即現任善美影室的黑房師傅。「佢嗰陣時成個小朋友咁，蹦蹦跳，重托住籠雀返工，又打壁球、又打網球、又篤波。我哋邊同，我哋要擔起頭家呀嘛！」林國盛回憶道。雖然石貴南覺得林國盛古板，但卻是三位黑房師傅中最願意教自己的一位。正所謂「教識徒弟無師父」，一般在大型公司工作的師傅都怕教識學徒後，公司就會把自己解僱，但林國盛覺得應該彼此分擔工作，所以毫不保留地將所有自己知道的都教石貴南。石貴南得悉自己遇上良師，每周一起共事幾十小時，二人亦師亦友，感情甚佳。

在一九九〇年代的「移民潮」下，第二任尖尖老闆劉唯康決定移民加國。林國盛認為如果尖尖就此倒閉十分可惜，所以在一九九六年一月一日與大哥林國富、五妹林惜玉，以及兩位老同事一起

林國盛的五妹林惜玉（左）和四妹林惜蘭（右）。

接手經營影樓。劉唯康唯一的要求就是更改影樓的名字，所以他們改名為「尖美」繼續經營。但過了幾個月後，那兩位舊同事決定辭職，林氏家族全面接管影樓，易名為「善美」。

捨棄曬相當攝影

要用菲林拍攝好的相片從來沒有僥倖，按快門一下就少一格菲林。鏡頭下人數越多，就代表拍攝的難度越高，只要其中一人貶眼，或是笑容出現疲態，那格菲林就要報銷。如果有小朋友，難度就幾何級升高，因為他們沒有意識去配合大人的要求。但為了控制成本，快門不得亂按，也不像數碼攝影般可以連環快拍，或即時重溫相片，所以身為攝影師兼老闆的林國盛就必須成為客人的開心果，令他們在鏡頭下開懷大笑，同時機警地捕捉片刻的光影。因此，攝影是最重要的崗位，也是影樓的靈魂。

然而，二〇〇一年是對林國盛影響甚大的一年。林國盛本身一直擔當黑房工作，而攝影工作就聘請外來的攝影師負責。但二〇〇一年，攝影師宣告退休，同時負責管財政的大哥要移民澳洲，而負責接待的五妹患上癌症，要休息養病。儘管林國盛偏好較內向的黑房工作，亦因此由幕後黑房師傅，變為幕前攝影師，成為善美唯一的攝影師，而黑房事務就要他人代勞。為了令五妹專心養病，四妹林惜蘭接替五妹的工作。風浪重重，兩年後，五妹因病離世，林國盛忍著淚水和悲傷，繼續為客人帶來歡笑。

林國盛從沉穩內斂地在黑房工作的曬相師傅，搖身一變變成幽默健談的攝影師，逗得客人都開懷大笑。他先將小公仔放在鏡頭上，吸引大人、小孩的眼球；再稱呼男主人為「新郎哥」，女主人為「新娘子」，就算是已經幾代同堂的公公婆婆，仍然這樣稱呼，使他們一家都面露笑容。

堅持傳統菲林執相

廿一世紀是數碼攝影的天下，不少傳統影樓相繼倒閉結業，更不用說有新人入行了。如果善

黑房師傅石貴南

美的黑房和執相師傅陸續退休或辭職,那該怎麼辦?萬物有時,包括老店,以為走到盡頭,誰料轉眼又看到曙光。而那些希望,或許就是之前不經意種下的因。

還記得林國盛的徒弟石貴南嗎?當年像個大男孩的石貴南,學滿師多年後已成為別人的師傅、業內的老行尊。有一天,善美的黑房師傅突然告辭,翌日生效。但林的眼力已不及以前,不能勝任曬相工作,就找石求助,剛好,石工作的公司倒閉,於是他倆再次一拍即合,一主內一主外,一直合作至今。

至於執相工作,雖然十年前已經有電腦軟件執相功能,但善美堅守傳統,縱使執相師傅提出退休,林也不欲放棄,甚至與兒子林紹淙一起研究。至於如何在菲林相上執相?就是在沖曬好的菲林負片上用素描筆於暗瘡、皺紋、眼袋和黑眼圈的位置輕輕掃一掃。由於菲林與沖曬出來的相片深淺程度倒轉,在菲林上掃了一筆,曬出來同樣的位置就變淺色了。然而,如果落筆力度掌握得不好,執多了,相片曬出來就有一條條白色線,十分明顯。這是極考眼力、經驗和手工的工序。

林氏兩父子研究失敗多次,曾經想過放棄。林國盛常自嘲說:「如果舖頭執笠,我就轉行執紙皮。」不過,兒子阿淙覺得如果自己幫不到爸爸,就沒人能幫他了,所以只好硬著頭皮繼續試。幸好有素描基礎的阿淙終於成功,成為父親的左右手。日間阿淙做產品設計的工作,下班就來善美執相。就這樣,父子檔、師徒檔和兄妹檔的組合,就在善美繼續等待一個個家、朋友們的相聚。

緣聚影樓二十載

可是二○一五年底，善美遇上接手以來最大的危機：業主迫遷。前業主、亦即尖尖第二代老闆劉唯康一直以低於市價的租金租給林國盛經營善美，可是他因病離世，其姐成為新業主，並發律師信給善美，要求他們於二○一六年初前遷走。此事經傳媒廣泛報道，造成善美近十年來生意最好的光景，無論舊客、新客，都來拍照留念。林國盛笑說：「他們來『瞻仰遺容』。」但其實他對人歡笑背人愁，表面仍與客人有講有笑，但其實擔心不已，石貴南和阿淙看在眼內。於是阿淙在工餘時間除了趕緊幫忙執相外，還一邊盡力與新業主溝通，一邊另覓新址。林國盛常提醒自己做人要知足，無論是自己與家人、徒弟，或是客人們，都在善美賺了二十年的「聚」。

經過幾個月的溝通後，善美的心意終於打動了新業主，但租金無可避免要提高。「瞻仰遺容」的浪潮後，生意回歸平淡，林國盛又重回等待客人的時光，有時與石師傅拍攝搞笑短片於面書發佈，有時在善美維修各種東西。常有客人鼓勵他堅持，而他常這樣答：「你不來，我怎堅持？」

用手機自拍一張不用花錢，影四張「即影即有」證件相五十元就有交易，而在善美影一輯半打「夠肉」的個人照要二百多元，但要數最耐看的、最不會失色的，一定是後者。一張美麗的相片有價，但能停住自己美麗的一刻就無價，大家快來善美體驗何謂菲林攝影啦！

....

後記

自二○一四年首次拜訪善美，之後我多次來畫畫、吹水或幫襯，不知不覺間喜歡上這裏。先後在善美影過畢業照、證件照和獨照後，覺得拍得很實在、很美，於是就帶父母和母親的朋友來影相，他們都很喜歡。然後心想：「下次有什麼特別值得紀念的日子，就再來善美吧。」

由起初純粹想體驗一下在影樓影相，支持小店，到現在覺得這是一種對親友、對自己的重視，也許這就是「回家的感覺」吧。不過相信林國盛對這種感覺最深、最強烈，因為他就是「爸爸」，石貴南是「媽媽」，阿淙是「兒子」，善美就是他們的「家」。林和石經常互相嘲弄對方，評論對方毫不客氣：林覺得得石「做相一流，裁相九流」，意思是調色、曬相都做得好，但在選取曬光的部分有時不合林的要求；石就覺得林「影相技巧八十分，餘下的二十分就要我執手尾」，如果林攝影時燈光打得不恰當，就要靠石在黑房調整。彼此互相欣賞，亦接受批評，「父」、「母」、「子」之間合作無間，石就連林家的周日活動也會參與，這不就是和諧的家嗎？

期待再到善美拍下一套「溫暖牌」的相片。

小店人物專訪：
波記咖啡陳慧茵

第一次認識「波記咖啡」，不是因為我是街坊，反而是從「18 種香港」*才聽聞這間小店，這怎不叫我漸愧？於是我決定要去走一趟。

訪問當日陰天，帶幾陣毛毛細雨，每逢下雨天，大部分食肆的生意都大打折扣，但在半露天的熟食中心打躉，陰風陣陣的自然涼意遠勝冷氣的人工舒適。正值炎夏七、八月的時候，這裏的氣溫可高達攝氏四十度，今天到此作畫可說是選對日子，既不阻波記做生意，也能舒適作畫。

* 由於小妹是何韻詩的粉絲，「18 種香港」是她和她的團隊於二〇一五年成立。「18 種香港」是手機應用程式及社交媒體專頁，介紹香港十八區各式小店，從而鼓勵讀者和用家探索本土社區的各種可能。

地址：油麻地新填地街 35-39 號地下新填地街街市小販熟食中心 1-2 號檔
營業時間：星期一至六 6:00-16:00、逢星期日休息

家庭式餐廳

第一次到此，看到日式旗幟的波記咖啡，又看到電視傳媒訪問波記的相片，看來波記由年輕人經營，但坐下時看到樓面和師傅都與一般餐廳無異，還是再慢慢觀察吧。我先試一杯波記咖啡，再試一下馬拉糕，是很標準的味道。然後就看見點心師傅即場做布拉鮮蝦腸粉，腸粉晶盈通透，透出蝦的顏色與紋理。得到店員允許後，我就開始在餐廳內作畫。

忽然有一位男士走近，問道：「你可唔可以畫我？」我說可以，只是好奇他的身份，是老闆還是街坊熟客？他說他叫陳錦洪，是店長的父親。他看起來只有六十歲左右，那麼店長一定很年輕吧？他指給我看，是一個中性打扮的短髮女生，年紀和我相若，但她的小腿肌肉很結實呢！店長叫阿茵（陳慧茵），是位八十後，更有趣的是她的外號叫「公主」。面對與她外表毫不相稱的名字，她完全不介意。

正當我畫陳錦洪的時候，他介紹他姐姐給我，這裏所有伙計都叫她做「姑媽」，顧名思義就是店長的姑媽。見他們有講有笑，一家人愉快的工作真好哩！

陳錦洪問我餓不餓，用不用請我食東西，我說想試腸粉，可惜已經賣清了。因為腸粉的米漿不能放得久，所以份量不會預多，通常賣到午市就售罄。「公主」開了個藍牙喇叭，一邊聽廣東流行曲一邊工作，較清閒的時候就做「低頭族」玩手機，或者與熟客、同事「妹頭」吹水。

在熟食中心作畫的感覺十分親切，因為顧客都能清楚看見製作食物的過程，透明度很高，所以作畫時自然觀察到每人的工作崗位，有助我了解波記的運作。

打工仔變店長

店長阿茵自小住在油麻地的唐樓，由於母親一直在港式外賣快餐店工作，所以她自小已接觸飲食行業。大學時進修市場及廣告，畢業後在外打拼多年：返工、加班、畀老闆鬧、同人擠車、壓力大。她見母親年事漸高，就回來為母親分擔，然後一邊做一邊發現港式外賣快餐店已步入夕陽，因為長期缺送外賣的人。後來，母親見波記招聘店長，所以鼓勵阿茵試試。

外賣快餐店與一般茶餐廳相比，食物種類及價錢相若，分別在於主要服務方式、客人對食物的期望和送外賣速度上的差異。茶餐廳主要以堂食為主；外賣快餐店則以外賣為主。客人一般對茶餐廳的食物質素要求較高，期望上菜時食物有鑊氣、熱辣辣的；而對外賣快餐店的期望較低，因為明白送外賣途中會困住食物盒內的水蒸氣，冷卻後影響口感和味道。此外，茶餐廳送外賣的速

度較快，相比堂食單，外賣單較少，亦會優先處理，打包工序亦較簡單；而外賣快餐店較慢，一人可能要同時送多個外賣，而且打包工序需很小心及較繁複，以免單車運送途中，袋與袋之間的外賣盒互相壓破。

阿茵由任職市場部文職轉為波記店長，亦在工時、工酬、工作性質、福利、職責，以及和客人關係之間作多番考量。工作時間方面，市場部文職隨時需要加班，時間由早上九時至晚上七點後，工時長達十小時以上；任波記店長則由早上五時至下午三時，工作十小時，但能準時下班。工酬方面，兩者相若。而工作性質上，市場部的工作永遠做不完，繁多且複雜，如做錯即被老闆或上司罵；而波記有淡市、旺市，有繁忙、也有回氣時間，在回氣時可做些簡單工作，如補充糖、清潔等。不過在市場部工作的福利枕對較優厚，如五天工作、年假等；而波記較少，需六天工作。在市場部的職責主要是自己部門的事項；在波記則需要負責茶檔部門所有事務（水吧、洗碗、樓面等）及推廣。此外，還有與客人的關係，市場部文職跟客人只因工事交流；不過在波記工作，可不時與客人可閒話家常，人情味較濃。權衡各方面後，她決定轉工。

阿茵認為，雖然大牌檔的熟食市場正在老化，但這裏的人情味和環境都值得保留，所以她一手一腳

推廣波記：裝上日式旗幟、聯繫傳媒訪問（因阿茵的弟弟有相關人脈）、於社交媒體推廣、內部員工活動（如遊船河、行山等）。對我這八十後顧客來説，波記在此熟食市場中的確比較引人注目，從相片和餐牌來看都比較有活力，加上樓面姐姐都十分隨和，整體氣氛都不錯，我會再來的。

阿茵深信要在充滿競爭的飲食業突圍而出，不但要做好宣傳，更要保持食物的質素。「香港有好多好嘢食，但係人大咗，食得多新式花款嘅點心，反而想搵返兒時的味道。」而現任波記的點心師傅 Peter，正正帶回這種味道給阿茵。Peter 每天凌晨三點就返到波記準備食物，六點開檔，堅持即叫即做布拉腸粉。

社區共生見證人口變遷

對於土生土長的油麻地，阿茵説十分喜歡這裏的方便及多元化，「呢度係有『街』嘅社區，選擇較多，如果你去屋村嘅地方買餸，可能只有一兩檔選擇，但呢度有好多檔，可以揀一間心儀嘅，波記嘅食材都係附近入貨。其實一個社區就是一條食物鏈，大家互惠互利，我係嗰度叫貨買嘢，你嚟呢度食嘢，係共生嘅情況下，社區就能發展。但呢啲畫面係香港越來越少了。」

阿茵中、小學都在區內就讀（基道小學和信義中學）。小時候，母親放假在士多打麻雀，她和弟弟就在士多門外玩耍，或是到鄰家朋友的家 中打機；中學時的她很乖，放學後立即回家，所以從小到大，她逗留最多的地方就是她的唐樓住所。

大部分阿茵兒時的街坊、同學都已經搬走，跟隨家人遷到其他地區或「上公屋」。近幾年油麻地最大的轉變就是南亞人的移民潮及劏房的泛濫所帶來的影響，阿茵明白香港現正需要這群新移民的勞動力，但他們一般都欠缺公德心，晚上亦愛飲酒，令她的居住的唐樓樓梯和走廊佈滿垃圾，影響衛生。另外，劏房越來越普遍，人流變得複雜。

兒時味道波記尋

自從阿茵在二〇一六年五月開始在波記工作，除了住所外，波記就是她最常出沒的地方。她希望每一個客人來到波記就像回家，隨心所欲，甚至可以從波記的點心中找回兒時的味道。

阿茵憶述，油麻地彌敦道花園酒家的前身——敦煌酒樓是她小時候每星期跟家人都會光顧的地方。她當時最喜歡吃韭菜餃，可是現在長大了，已經難以尋回這味道，直至遇上現任點心師傅 Peter，她就「失而復得」了。「我相信，回憶能夠提升食物的味道。」阿茵説。Peter 十分認同阿茵的理念，所以他倆合作無間，使我十分期待再來試他們的點心呢！

都市中的喘息空間

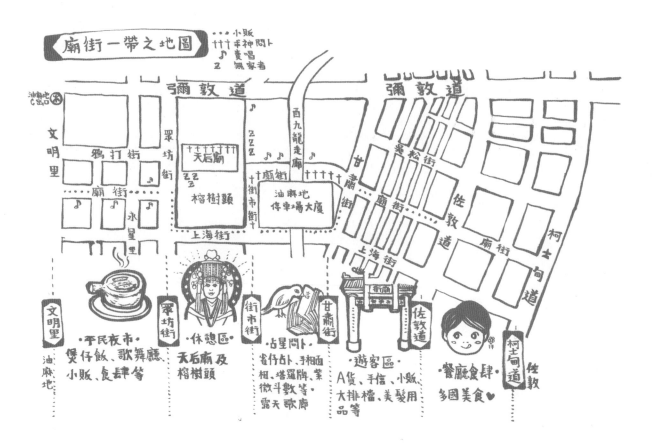

相信不少人對廟街的印象，主要來自甘肅街至彌敦道一段的給「廟街」牌坊包抄的位置，旅遊味濃：A貨、油畫贋品、精品手信、玩具、「我愛HK」T-shirt等等。但這其實並非廟街的全部，因廟街不同的路段有不同的角色。

不同成長階段的我，在廟街的不同角落出現：

一、求學時期：油麻地公共圖書館及自修室
感謝自修室提供一個準備公開考試及單戀的空間。

二、交友／戀愛時期：廟街之食肆
畢業後，無論因社交或是拍拖，常外出用餐，除煲仔飯外，我最常光顧的就是位於永星里與廟街交界的泰國菜餐廳和近眾坊街的素食餐廳；

如有外國朋友，就帶他們到美都餐室；如果想找一些新刺激，或許到佐敦道與柯士甸道之間的廟街逛逛，因為那裏有很多多元化的餐廳：火鍋、西餐、中菜、麵食、茶餐廳、酒吧等。

是日看我畫畫的人多，與我對話的人少。

畫了兩小時後，第一位跟我吹水的人是生於香港的尼泊爾人，他是個「痛改前非」的爸爸、油麻地街坊。他爸爸是港督時代駐上水邊境的軍人（他說回歸前大部分駐港軍人都是尼泊爾籍），以前他覺得自己很差勁，和華人拍拖都不成功，現任太太也是尼泊爾人，留在香港的原因是賺錢、供樓、儲錢退休，退休後會回尼泊爾，物業留給子女。他現在做地盤、建築業的工作。他提議我將這畫賣出，賺幾千元作零用錢。

這裏比往年多了露宿者，是從其他區遷來嗎？他們和他們的用品佔據了榕樹頭的一角。有男有女，一共四至五位左右，其中一名婆婆在天后廟前用餐，她有一把白色短髮，瘦削，不出聲以為是男子，出聲就口甜舌滑，跟廟前的人／遊客／信眾說祝賀說話；另一名大漢長頭髮，紮馬尾辮，幾乎早晚都在；另一位長白髮的露宿者盤坐在一張薄薄的床上，眼前有兩罐啤酒、一枝中式酒，前面有個月餅罐，和旁邊坐躺在半歪的辦公椅上的中年黑髮漢的五官竟十分相似，是他的兒子嗎？下次帶一些生果，跟他們聊聊天吧！

然後，我準備坐下時，榕樹頭的另一邊突然發生了一場打鬥。一名穿運動衣、中等身型的中年男子在榕樹下提起鐵管向另一名男子的身後襲擊，並把他推倒，身旁的其他大叔有的幫忙拉開他們，有的在「食花生」，施襲者叫罵了一會，而打鬥只消一分鐘就平息了。另一位大叔將鐵管放回原來的位置，然後一切如常，施襲者繼續整理自己在榕樹頭的雜物。

永星里至眾坊街之間的廟街，小販擺檔的高度不高於兩米，他們售賣生果、日用品、懷舊小食和色情書刊等等；而兩旁有煲仔飯店、芬蘭浴、麻雀場、歌舞廳及食肆等。要感受油麻地的「麻甩」味，怎可以不畫廟街呢？

這是第二幅有關廟街的作品，廟街那麼長，為何要揀這個位置？原因有三：

一、有榕樹畫：由於第一幅有關天后廟的作品只畫到榕樹的氣根，因此這作品能彌補上一幅畫的遺憾。

二、霓虹燈：給「敦煌芬蘭浴」的霓虹燈招牌吸引，現今此工藝因各種原因給過分耀眼的 LED 招牌取代了，相信店主亦不會願意再投放金錢修葺現有的霓虹燈招牌，只好將這「凄涼」都放到畫中去。

三、土炮小販：與燈光充足的甘肅街至佐敦一段的廟街相比，由永星里至上海街的廟街小販較平民化。前者無論陳設方式或產品種類都與女人街相近，因此需要聘請南亞裔人士幫忙「搭棚」和「拆棚」；後者大部分的小販都自行搭出一個兩米高的「檔仔」，利用檔上的支架承托簷篷和吊燈，腰間位置陳列貨品，腰下位置存貨。可惜這一邊的人流往往不及前者，我作畫時旁邊的小販婦人跟我聊天，因為經濟差，旅遊業跟著下滑，所以她說近幾年的生意不及五年前般旺盛了。

現場作畫的小事數則

小販們都十分節儉，大約黃昏六時將檔口陳設完成後，就開始進食自備的飯盒晚餐，迎接晚上的工作。

是日在廟街作畫時有兩位大叔搭訕，其中一位頭髮八二分界的大叔有脫髮危機，他的腿打了石膏，看我的畫法似日式，就以為我是日本人，又問我是否教班之類；另一位大叔未見其人先聞其酒氣，他手持一罐啤酒，皮膚黑實，長灰髮，望我作畫最少十分鐘後，問我作品上方的綠色長方形是什麼（他看的時候我仍未將招牌上的字上色），我答他之後，他就悠然地離開。

畫此作品的第一天是現場畫的，由於停留的位置正是兩小販檔的中間，因為不想打擾人家做生意，當天畫了背景的大概後，便回家再完成此作。

今晚是我生平第二次到廟街的茶座，第一次我所拜訪的歌廊就在附近，但它已拆卸並改建成酒店了。

廟街歌廊趣聞

由於這類場所的品流比較複雜，因此兩次都與友人結伴前往。與附近幾間歌廊相比，「粵韻歌座」比較熱鬧，所以決定進去看個究竟。相隔三年，兩次到歌廊的入場費同樣是二十元。坐在酒廊入口的一位婦人先領我和友人到較後的位置坐下，問我們要水、茶，還是酒，我倆都要水，她很快便呈上兩杯家用有蓋的白膠杯，蓋上有隻手持填色盤和畫筆的小狗（題字為「Happy Dog」），凸顯此空間隨意、平民的格調。然後這位婦人就表明自己是一位酒廊歌手，邀請我們與她唱一首歌，每首一百元；又叫我們看看像電話簿般厚的歌詞簿，然後她又說自己在這裏當席是沒有酬勞，所以她必須透過客人的打賞才能有收入。我們不願唱，她自動提出打五折，我們仍不願，她就說一小時後輪到她上台演唱，希望到時我們可以給她二十元作為支持。

在這一小時裏，我開始作畫，並與搭枱的羅伯伯聊天。羅伯伯身穿紫白直間長恤衫，大方得體，他説今天是周末，特別熱鬧。平日他有空就來坐坐，今天對我們盡「地主之誼」，兩度介紹洗手間的位置；他見我在作畫時需要紙巾，立刻起身走到牆邊取下一些廁紙給我；當他發現我把他畫到畫中，就問我需不需要他的簽名，我當然十分樂意。由於我作畫的科學毛筆在紙上會化開，畫上的簽名應該更美地呈現「羅德」這名字。

街坊情長存

這段作畫的時間我和友人都食盡「二手煙」，現場亦聽了好幾次《友誼之光》的曲目，這首歌似是這裏的「飲歌」（此歌亦列在歌詞簿的首幾頁）：「人生於世上有幾個知己，多少友誼能長存……」無論是客人，還是這裏的歌手，他們的歌聲都不悦耳，歌聲不融於節奏，對於我倆這稀客來説，眼前這位熱情隨和的羅伯伯便成為我們的清泉了！

轉眼就輪到剛才要求打賞的酒廊女歌手上台獻唱了。她的表現平平，稱不上專業，唱完一首她便要下台，換下一位歌手演唱，然後她就和另一位歌手走到我們面前欣賞我的速寫，稱讚「很美」後，再次要求打賞。我無奈得很，只好給她們錢，並打發她倆。

這次在歌廊的經驗，發現與油麻地停車場對面的露天表演場地相比，這個營運成本較高的空間的歌聲不一定較優美，實在不建議大家入場。這次體驗本來已經沒有期望，但仍感到失落。一間「平民夜總會」的風光與質素不再，留下的只是一群忠實顧客和街坊情。

廟街大牌檔一直給我一種「呃遊客」的印象，加上看似品流複雜，所以我廿多年來只陪過友人到這裏的大牌檔吃過下午茶，但今晚想多了解一下廟街，看看自己的印象是否屬實，所以決定親身探訪一次。

蠔仔粥貨真價實

由於單身寡人，加上近日腸胃不佳，菜單上的菜色大部分都很油膩，可選擇的菜式不多，突然掛念幾年前在灣仔鵝頸橋熟食中心的一人美味晚餐——蠔仔粥，所以就問北海街與廟街交界的「得記海鮮飯店」有否此菜式，樓面侍應說：「有，一碗五十蚊，一窩一百蚊，你啱唔啱？」個人覺得太貴，加上見場內進食的食客幾乎全是外地和內地的遊客，見勢色不對，所以就去隔籬的「榮發大排檔飯店」看看。榮發的樓面大叔一見到我，就十分熱情地問：「小姐，想食乜嘢？係咪一位？」

我：「係，有冇蠔仔粥？一碗要幾錢？」
樓面大叔：「三十五蚊！呢度啲蠔仔粥好靚㗎！」
我：「嘩，好呀，就試下啦！」（太好了！比上一間足足便宜了十五元。）

樓面大叔帶我到入口旁的一張四人圓枱坐下。現場顧客不多，晚上八時半入座率只有三成左右，未免冷清一點，但見大部分的顧客都是本地人，所以挺安心的。

樓面大叔熟練地將中式餐點餐具放在枱上，並附上一大壺滾茶及大碗給我洗餐具。

「唉，過咗復活節就好 X 靜！」另一樓面大叔與熟客申訴起來。

等了一會兒，一位樓面大嬸將一碗胡椒粉覆蓋了大半的粥送到眼前。用匙一翻，就發現十分足料：潮州粥底、圓滑雪白的蠔仔、魷魚、冬菇、葱等。觀其賣相，未入口就知其新鮮美味，這性價比高，誠懇的服務質素完全推翻了我這「呃遊客」的誤解。於是我內疚又感動地吃了第一口，口感和味道果然與賣相一致，樸實地呈現出鮮味。蠔仔雖小但爽滑多汁，魷魚彈牙，冬菇香滑如豬膶，葱和胡椒粉的份量剛好，恰如其分地提升味道，加上潮州粥的不花巧，形成地道平民化的一人經濟晚餐。

速寫更見變化

食了八分之一，要忍心地停一停，因為我要把它畫下來。這對一見美食就難以抗拒的我實在是個挑戰呢，儘管試試吧！這碗粥最美的是潮州粥水微微覆蓋米粒時，粥水自然產生的反光，繪畫時間越長，粥水的精華就越給米飯吸收，然後「潮退」看到「陸地」。

有朋友經常問：「畫畫點解唔照住張相畫？」又或者「影相咪得，點解要花時間畫？」其實答

案就是「時間」。速寫過程見證著時間流逝，從而觀察人物之間的變化。你睇！就算只是一般貌似平凡的潮州粥，如果我只是將它影下來，然後回家慢慢畫，面對的是定格的死物，這會是多「無癮」和沉悶的過程啊！

親切又麻甩的員工

半小時後，粥畫好了，剛才招呼我入座的樓面阿叔和洗碗阿姐來看我的作品，他們都面露微笑。阿姐問我：「你咁畫粥咪凍晒？」阿叔代我答：「人哋嚟係欣賞碗粥，而唔係食碗粥㗎！」我答：「我食！我諗佢重有餘溫嘅，唔使擔心！」我自細討厭浪費食物，定會將它吃光，一粒米都不剩。我問阿叔這裏開業有多久，他說：「最少三十年，你睇天花板就知啦！」對，天花板的風扇的型號都是三十年前的產物。

吃飽了，開始畫背景。嘴角沾有一粒飯的長髮大叔坐在我旁邊，叫我畫他，見他如此地道特色的造型，我一口答應。他叫兵哥（又名Peter），在榮發做樓面已有廿多年，多年來都在此工作，因為老闆娘是他「兄弟」的妻子。今晚餐廳生意較冷清，亦快要收工，所以他坐在我面前十分鐘，都沒有給老闆娘「詐型」。

兵哥是個廣結朋友的大叔，他問我有沒有去過黃大仙竹園村。原來他每晚在榮發收工後，翌日凌晨四時左右就再在竹園村的一間餐廳上班，叫我有空時去坐；又問我有沒有興趣一起到灣仔駱克道的酒吧飲酒，他說常和朋友一起去。

然後有一位似是熟客的男士氣沖沖到來，兵哥客氣地跟他「搭膊頭」，二人一邊竊竊私語，一邊走到大牌檔後門，不久就傳來玻璃杯落地和咆哮的聲音。其他夥計都跑去看看，看過後又回到工作崗位。看來，此情況似是家常便飯，小事一樁。

不知不覺地畫到十一時半，臨打烊前的一小時。老闆娘和夥計們輪流食消夜，疑似老闆娘的兒女都來了共膳。

初稿起得差不多了，亦夜漸深，到了該回家的時候。慶幸自己有來親身體驗廟街的大牌擋，感謝畫畫促使我來到貌似麻甩但樸實無華的地方，下次定多帶朋友來品嚐這裏的小炒，大滿足。

鬧市中的市肺：
京士柏

京士柏山位於油麻地、何文田及佐敦之間，山高約六十五米。這小小的山丘是街坊們的市肺，由油麻地港鐵站步行至京士柏山，最快只需八分鐘。

前往方法：

一、最舒服：由油麻地港鐵站D出口「掉頭」，沿窩打老道步行約二百米至基督教信義會真理堂，再右轉往真義里上山，途徑真光女書院和信義中學。上到山腰需時約十分鐘，並到達京士柏遊樂場。

二、最快：由油麻地港鐵站D出口「掉頭」，沿窩打老道步行約五十米，從油麻地消防局旁的一條約三百八十五級的石梯上山，如體力良好者，八分鐘內即到山頂。目的地為油麻地配水庫休憩花園，旁邊為京士柏氣象站。

三、其他路徑：
A：從油麻地彌敦道與眾坊街交界後的梯級上山，約十分鐘；
B：從何文田衛理道轉入京士柏道，步行約五分鐘；
C：從佐敦道走入伊利沙伯醫院，穿過訪客停車場後，進入京士柏遊樂場。

真光女書院

我的母校，當年常羨慕鄰校九龍華仁書院的面積比我校的大五倍。另外，又常發白日夢：如果這兩校合併的話，會否更好？一方面能促進男生與女生之間能有正常社交，另一方面能更充分使用校園空間。

京士柏
King's Park

油麻地、佐敦、何文田的市肺

佐敦道
拔萃女書院
西九龍走廊
道學中學
眾坊街
彌敦道
油麻地配水庫休憩花園
京士柏氣象站
觀景平台!
基督教香港信義會中學
往京士柏之三百多級石梯
基督教香港信義會真理堂
油麻地救護站
油麻地消防局
油麻地港鐵站
油麻地港鐵站D出口
木棉
慶華醫院
油麻地
YAU MA TEI
窩打老道
KWONG WAH HOSPITAL

伊利沙伯醫院

簡稱「伊院」，一九六三年啟用，是醫管局轄下規模最大的醫院，亦是小妹出世的地方。一直以為佐敦道是唯一往伊院的途徑，後來有一次在京士柏山跑步時，發現可從京士柏遊樂場的後門走到伊院。

京士柏遊樂場

一九八九年底啟用，由於公園在山上，平日只有在附近放學的學生和住在附近的街坊；然而網球場看似使用率極高。

油麻地配水庫休憩花園

地面是市中心罕有的公共草地，地下存有供應給油麻地的鹹水，配有舒適的緩跑徑，並給半野生的樹木包圍，吸引雀鳥和候鳥停留，對街坊來說簡直是天堂，唯一不方便的是欠缺洗手間。

油麻地消防局及救護站

小妹讀中學時的必經之路，最吸引我眼球的是每天大約下午四點半到六點半左右，消防員的排球訓練。往往未見人，就先聽到他們跳躍拍球和笑聲，走到他們的排球場前，我就隔住大閘觀賞一下他們的英姿才回家。

木棉樹

彌敦道至衛理道一段的窩打老道兩旁都有木棉樹，每年的二月左右，木棉鋪天蓋地，充滿本土的詩意。

二〇一七年一月二日（公眾假期）	晴	油麻地配水庫休憩花園

小時候聽說姐常來這裏跑步，幾年前我喜歡上跑步，偶爾都會上來跑，但後來因跑傷腳而停跑了兩、三年。今年要做好出書這事，腦筋必須靈活，因此再度上來跑步，儘管每次只跑二十分鐘。然而，隨上山次數增加，越愛上京士柏。

早上，有一位退休中醫師在花園的涼亭下為街坊問診。近年有神秘的街坊為這裏增添了幾個呼拉圈。

午餐時間，有一位姓陳的先生帶了約一磅的麵包碎和米飯粒來餵鴿。他說他餵了兩、三年：「佢哋好慘㗎，如果唔餵佢哋，佢哋會餓死㗎。你睇，佢地而家重肥肥白白嘛。」

94

我問他是否認得每一隻雀，他答：「哼，佢哋成
五十隻，我點認得佢地？佢哋就認得我！佢哋
好醒㗎，見到我就跟住我，其他人唔跟㗎！」

下午時段，有四對情侶、三位「港女團」、兩家
各三口先後到此野餐。

二〇一七年一月五日（四）	陰

13:50-14:15
我緩步跑。另外有一位「鬼佬」和一個本地男生都赤著上身、穿黑短褲緩步跑。

15:00
有一位中學老師帶一群中學生到這裏緩步跑，老師只看沒跑。

15:20
他們離開，下山。

16:00
在一月二日見過的四名麻甩佬邊繞圈、邊散步、邊吹水，大聲講馬經、流利粗口、錢、朋友、交税。四周都有看報紙、做體操或耍太極的長者，每人各自樂在其中。

18:15
太陽「下山」，不夠光線作畫，所以我也下山了。只要一離開公園，山下的交通聲、車聲就輕易聽見。所以嘛，這裏的確是一個避世的市中心花園呢！

二〇一七年一月十二日	陰／微雨

16：15
上到山，發現上兩次見過的那四位「大聲公」已經在散步。其中一人的對話有關「貪曾」的審訊，似乎認為只要當初他沒被人發現就沒問題。他們依舊大聲講、大聲（隨地）吐痰、大聲笑、大聲爆粗。

16：30
樹下的太極、健身操組如常集合做午操。可能因為陰天、微雨關係，今日來這裏的人比以往少。

二〇一七年二至三月 | 京士柏遊樂場

雖然京士柏遊樂場與油麻地配水庫休憩花園都坐落於京士柏山，但到這兩個公園的遊客不大相同，這大概是取決於它們所提供的設施。

京士柏遊樂場的面積較大，有不同的公共設施：籃球場、網球場、兒童遊樂場、洗手間、更衣室。因此，會停下來看我作畫的大多是住在附近豪宅、有外傭或祖父母陪伴左右的小朋友。

黃槿

我在京士柏最喜歡的一棵樹：黃槿。其樹幹粗獷，樹枝縱橫交錯，像是一位心思細密的可靠紳士。每次上山都會跟它問候一下，或是在樹下伸展筋骨。如果天氣晴朗，大約下午四時的陽光會映到它身上，突顯它的層次感。

聽管理員孔慶芹（下稱「芹哥」）説，這棵黃槿以前更大株，只是因為它生在斜坡上，為免有倒下的危險，部分樹枝已被斬下。大概如果沒有給修剪過，此作品的樹葉應該可以把畫面填滿吧。

管理員芹哥

芹哥在京士柏遊樂場工作一年多，他一直有興趣畫畫，所以當他有天見我在畫黃槿樹時，就駐足觀賞，亦很自然地與我聊起天來。在鳥聲

芹哥和他的最愛「白蘭樹」

的伴隨下，芹哥跟我訴說這裏的植物情報和工作日常。

芹哥負責管理京士柏公園和油麻地儲水庫花園，讓遊人有休憩的空間。與香港其他公園經過人工修葺的環境相比，油麻地儲水庫花園一帶的半野生狀態是這裏的特色，使人容易融入這自然的環境。除了因怕儲水庫花園的草太長會絆倒遊人，以及考慮去水的問題，會定期修葺之外，這裏的樹木幾乎都是天生天養、「不修邊幅」，以原來的姿態示人，形成一個天然小屏風，使人從石屎森林中抽離，洗滌城市人的心靈。

京士柏是芹哥第一個管理的公園，初來乍到不久，一個投訴使他知道公園範圍之大：他有一次收到投訴，說跟石壁道的後山位置有一幅簾，叫他帶走，結果他在後山尋找了一個上午才找到。現在我偶爾上山跑步，都會在山上的不同角落看到他。

公園中如此多花草樹木，哪一部分是芹哥的至愛？原來是一棵纖瘦的白蘭樹，它位於京士柏公園中，約紅十字會與更衣室中間的位置。「佢嘅樹形生得好靚，好少樹生得咁直，同埋好少

樹形保持得咁好。」問及白蘭的花期，他說需要查看他的私人筆記才能確定。此筆記並非他的工作範圍，但他自覺要對這裏的植物要有概括的認識，所以自願為它們寫筆記。

與以前他曾投身廿載的車房工作相比，公園管理員工作所需要的體力相對較少，同時留有更多的思考空間。自從轉職後，他除了加深對植物的認識外，亦開始懂得欣賞園中植物的自然美態，還發現不少香港馬路旁栽種的樹木都缺乏空間，導致樹葉不夠翠綠和營養不良。

受訪過程中，意外驚喜發現芹哥對我從事的插畫藝術生涯感興趣，於是與他訪談的半小時裏，最後的十分鐘他反客為主，我反而成為他的受訪者。他認為「用人的感染力去感染人係好好嘅工具」，希望我繼續努力，將這本「情書」寫好、畫好。

芹哥發現可愛的初生小鳥，但母鳥警覺地盯住芹哥。

街坊日常與我們這一家

雀友的「秘密基地」

近日在油麻地亂逛，有次巧遇這些雀友的「秘密基地」，就決心要把這地方畫好！

這裏的日與夜大不同，大約早上十一時至下午六時，就有約八位街坊陸續抵達基地（天天不同配搭，周末人更多至十多位），有足夠的「腳」就開始。

我前後拜訪了這些雀友三次，認識了「鐵腳」大叔，外號「大舊」。他時而沉默，時而哼歌，時而大聲吹水，他一出聲，方圓十米都清楚聽見他的說話：「我係呢度『返工』㗎！要『打卡』。」然後他問我：「佢（他左方的雀友，外號『豬肉佬』）叫緊咩糊？」基本上，我的麻雀認知只達「雞糊」水平，所以根本看不出豬肉佬在叫什麼糊。然而在場的人都大笑，因為叫什麼糊都不重要，因為大舊其實在講笑，他想我答：「豬肉佬喺度『叫雞』糊。」（汗⋯⋯）

等到我得知大舊的「言下之意」時，雀友們已經笑完了。

以下有些他們對話的節錄：

「大鑊！」

「上大學！」

「快快脆脆，食鬼咗佢！」

我喜歡這班雀友的原因，是他們甚懂用大自然的空間，沒有打擾他人之餘，亦能享受生活、聯誼，雀鳥的叫聲，與那些烏煙瘴氣的麻雀館比較，這樣打牌更暢快，對吧？

「嗶、嗶⋯⋯BOOM！」大舊反覆地叫著，叫了十五分鐘左右，大舊自摸食糊，其他雀友乖乖給大舊籌碼。看來當他這樣叫時，就代表他狀態大勇。在旁觀戰的大嬸道：「阿女，你要畫佢（大舊）醜樣啲！」大舊反擊說：「你要畫佢（大嬸）多啲口水！」

大部分觀戰的大叔、大嬸的集中程度並不比局中人低，他們往往於賽後都會提出一些感想，然而有一位觀戰的婆婆例外。在我速寫當天，她合上眼，並將紅色外套的帽子套在頭上保暖，可愛的「小紅帽」就成了！有趣的是，當她發現我畫她時，她說：「我咁老，有咩好畫？畫其他人啦！」但她後來看了我畫了她的線稿，她笑了。

我問他們這裏有多久，是誰拉帆布的，他們

都含糊不答，但他們叮囑我不要公開這裏的位置，免得失去了這小賭怡情的好地方。而他們每次離開時，都把麻雀枱摺在一旁，凳都搭好後，就鎖好，不怕晚上有人把它們偷去或破壞。

···

後記

畫此畫頁 104 至 105 時有兩位朋友說，比較喜歡線稿／白描的版本，而我上色前先把線稿掃描到電腦中，以免上色後自己會後悔。但他們其中一位朋友提醒我，最後的作品結果是怎樣毫不重要，畢竟人死後留下的作品都帶不走，也不能決定如何被處理，所以我就放心地「玩」這作品啦！這是我畫了幾幅廣告彩的作品後回歸水彩的練習，時而緊張，時而隨意，總之就是尋找自己上色方面不同的可能性，嗯，下一個實驗，又是什麼？

秋爸為貓咪們改的名字：
老虎仔、
妞妞、小吉、
Ly B、傻 B…「Pet Pet」、
肥婆、
阿吉春…

鄭日安
（秋爸）

流浪貓之爸

油麻地有位秋爸，是一眾流浪貓的「爸爸」。秋爸是油麻地的街坊，「秋」是他
已故狗狗的名字。他自從一九九九年開始餵貓，起初只用貓罐頭餵，後來見岳
母會自己煮魚給貓咪食，他就有樣學樣，結果就寵壞了幾十隻流浪貓。

餵貓十多年，秋爸清楚記得每一隻流浪貓的名字，也記得他們的口味：淡水魚、
鹹水魚、罐頭牌子的偏好。他憶起一件最難忘的事：有一次他在餵貓的時候跌傷

二〇一七·三月·秋爸餵貓日常

已餵10年 吉仔

秋爸

貓義工：阿亮

秋爸

夠皮未呀 呀仔?

了腳，所以有幾天不能餵貓，但因為他太想念牠們，所以他要求社工推著坐輪椅的他去探望牠們。他一到，所有他餵飼的貓都跑出來向他撒嬌，場面相當感動。這裏的貓最高紀錄多達七十隻，現在有不少已絕育或老死，所以現時減少至四、五十隻貓左右。

秋爸每天一人餵飼幾十隻貓，共要花兩小時，有關支出每個月要過萬元！幸好他近年有幾位街坊朋友幫助，使餵飼時間減少至一小時。

問他暫時有沒有需要其他的幫助，他只笑笑口跟我說：「你祝我健康快樂就得㗎啦！」我相信，善有善報可以在他的身上找到——他的外貌看似五十歲，但他其實快要六十歲了，少皺紋，頭髮仍烏黑哩！

唐樓寫生

事緣想在果欄作畫，但不太找到靈感，於是走到「秀和欄」斜對面的唐樓看看。上到天台，從俯視的角度看果欄又有另一番感受。這天台本身帶給我的刺激並不比果欄小，結果我就畫起這天台來。

唐樓天台似乎是既私人又公共的空間——「她」的胸罩與「他」運上來的石油氣罐可能毫無關係，但它們同處同一天台上。而我作畫的時候，看到有隻貓跳入某家的窗內，是回家，還是歇腳開飯而已？

無論如何，此作畫經歷又帶我回到速寫的起點：由天台速寫，窺探私人生活。

畫好幾幅精細耗神的作品後，決定這幅水墨玩玩，希望從而得到自癒和啟發：一本畫集的節奏該是怎樣的？一幅速寫作品怎樣定義為「可取」？什麼是我的風格？我喜歡的油麻地是怎樣的？

如果喜歡一個人不須原因，寫一封情信也不須討人喜歡吧？但可以肯定的是，大家或多或少，都會從我的作品中，感受到我對油麻地的情意。

樹頭菜下

香港每年五月左右，是樹頭菜（魚木）盛放的時分，她的姿態讓我想起日本的櫻花，是優美的。然而這棵樹頭菜身上、身下都與她的優雅不相稱：身上有兩條毛巾和一個架，身下有露腳午睡的送貨司機（此人是小女子曾經在其他街道見過的畫面）和一袋棄置的垃圾。

我想像，她如果生長在日本的話，看起來一定很唯美；但身處油麻地的她，卻被掛上了一些麻甩味，缺乏照顧的感覺，但這正正就是油麻地的特色，多元又複雜。

感謝油麻地，妳成就了今天的我。

我的兒時生活圈

自出世起廿多年都住在油麻地，從未搬家，故締造了不少童年回憶。小時候的我活動範圍有限，以下是我經常流連的地方：

廣東道八三一號

一、富華文具

只有關門時才能看到「富華文具」的招牌，因為營業時貨品會吊起，將招牌掩蓋。日常文具和我人生第一本畫簿（就是最平民的黑色格仔封面的線圈畫簿）都在此購買，畫的就是臨摹少女漫畫人物的練習。多年來與老闆娘的對話機會不多，而這裏給我的印象就是當我專注地挑選喜歡的貼紙或文具的時候，她都給我時間慢慢挑選。

十多年前開始，富華文具由三姊妹接手，有關祭祀先人的紙品越來越多元化，幾乎佔了整間店貨品的一半。小時候我甚至以為文具與金銀衣紙都會在香港的文具店找到，但其實不然。後來有一天，我問老闆娘所為何事，原來背後藏著她們三姊妹對已故母親的思念：她們的母親生前相信焚燒金元寶、紙品給先人，先人就會收到，所以當母親離世後，三姊妹學習摺各種不同的紙祭品紀念母親，其中比較巨型的紙祭品就是金元寶塔，由百多元到幾百元的款式都有，視乎金元寶塔的大小。另一方面，街坊對這些紙製品的需求越高，他們就越忙，每年農曆七月「鬼門開」的日子，她們都會延長營業時間，整日在店舖內不停地摺金元寶。

二、報紙檔

對於喜愛圖像多於文字的我而言，小學時期的我走到報紙檔當然不是為了報紙，而是為了漫畫月刊。自從發現一直追看的電視動畫《百變小櫻Magic 咭》、《怪盜 St. Tail》的漫畫在樓下報紙檔出現，就開始有追看少女漫畫月刊《Comic Fans》的習慣，每個月月底至月初都到此留意新一期的出版，絕對是培養我小時對畫畫的興趣和訓練畫畫技術的啟蒙讀物。買回家後，我們三姊妹都會看，我在姊妹中排行第二，往往企圖獨佔所有隨書附送的精品，妹妹常常因此心有不甘，一哭少則一小時，長則數小時。這都是我們姊妹間有趣的童年回憶。

老闆是有脫髮危機的「肥佬」，他近年身體抱恙，換成他太太「睇檔」，亦因紙媒沒落，營業時間由以往上午至黃昏，到現在大約提早一、兩小時關門休息。

渡船街遊樂場

位於渡船街二三〇號，是我小時候離家最近而比較大的公園，但現在大部分的遊樂設施已經面目全非，鐵鏈動物造型的鞦韆沒了、我們三姊妹一起滑的「辣屁股」金屬滑梯沒了、球狀的爬行架沒了，只餘下兩張石屎乒乓球桌穩如泰山。這兩張乒乓球桌亦是父母教懂我打乒乓球的重要社區設施，其中印象比較深刻的是，父親讓球比較少，「殺球」較多，我好像跑去執乒乓波的時間比打波的時間還要多。乒乓波有時跌落水渠，要徒手執起那些波的感覺挺不爽的。

在家庭相簿中仍看到幾張在這個公園拍攝的兒時相片，一張是我們三姊妹坐滑梯的，一張是我們一起坐鞦韆，還有一張是我身穿母親送的新衣服，這些情景都很幸福快樂。除了因為有家人陪伴，亦因為能夠用相機記錄下來。當時數碼相機仍未普及，拍照是難能可貴的事情，或許對於現在能隨時隨地用手機或數碼相機影相拍片的小朋友來説，是難以明白的體驗。

現時那兩張乒乓球桌雖然還在，但主要功能有些改變。每天晚上都有一群南亞裔男子坐在桌上飲一罐罐的啤酒聊天，或是間中有一、兩個露宿者在此小睡片刻。

雄記水族店

位於油麻地碧街二十七號的一間掛牆舖，因小時候家裏曾經有一個約一米闊的魚缸，養過鯉魚、龜和金魚，所以當時我經常到此買紅蟲或魚仔作飼料。

近日「的起心肝」，決定透過寫生再好好觀察一下這小店，於是我走到「雄記」前，在舖面前來回走了幾遍，但老闆多年來都會在工作的時候睇報紙，根本沒有看到我。

雄記

水族店

蔡錦雄

我有點靦腆地問老闆和老闆娘可不可以畫他們和這店舖,他們異口同聲地説:「有咩好畫啊?咪又係咁,不如你喺度影張相,然後返屋企畫啦!」我猶豫了一會,然後再問一次,並保證不會阻礙他們做生意,他們就叫我自便就好,於是我就坐下來寫生。

老闆娘叮囑我不要畫她,臨走前她看過我的作品,挺滿意的,並提議我在畫中給老闆多畫幾條頭髮;然而老闆並不在乎。老闆借我看曾經訪問過雄記的書,叫我帶回家慢慢看,看完還給他就可以。對於我這個初次認識的街坊,他對我的信任實在令我感到溫暖。

我問他的名字是不是有一個「雄」字,並邀請他將中文名字簽在書上,此刻我才知道他的名字叫蔡錦雄。

老闆娘柯太
欖太子女
清潔妹姐
聆成哥
梅菜扣肉飯
香滑奶茶
咖喱牛腩飯
掃手細斑
公關大斑
乾炒肉片河

合發茶餐廳
(1958~)至今仍保留創立時的不銹鋼水吧櫃
柏及紙皮石地磚。(地址:旺角廣東道981號地下)

合發茶餐廳　我們的另一個「家」

來到最後，這本「情書」當然包括我的家人，因此不得不介紹的就是他們現正經營的「合發茶餐廳」了。我的父母和妹妹活躍的時間都在合發，他們最燦爛的笑容和工作時散發出來的魅力，在這裏就會看到。

馳名爸爸牌咖喱

合發茶餐廳大約於一九五〇至一九六〇年代開業，至今仍保留當時的不鏽鋼水吧櫃位和紙皮石磚塊。畫這幅作品的壓力不少，因為家人每晚下班都會觀察我的繪畫進度，而我亦到合發拍攝他們的工作的模樣作參考。對於我的請求，他們意外的興奮，爸爸笑著拋鑊，媽媽手持的杯碟越來越多，像玩雜耍般。

食物方面，咖喱牛坑腩飯、梅菜扣肉飯、福建炒飯、蝦漿煎肉餅、炒貴刁、免治牛肉飯、乾炒肉片河、海南雞飯、豆腐炆魚腩、枝竹羊腩飯（秋冬限定）、涼瓜火腩飯……都是我推介的菜式。味道和口感符合客人所期望的，份量是為勞工階層而設，是日午餐更包括熱飲一杯及不含味精的例湯，包你滿足而歸。

父親的咖喱牛坑腩飯實在百吃不厭，咖喱汁帶小小辣，香滑而不膩，開胃而襯托出香濃彈牙的牛坑腩，就算是味道清淡的薯仔也軟度適中，是整個菜式的「中和者」，有時候我甚至喜歡薯仔多於牛坑腩哩！

有關父親炒咖喱的另一趣事，就是他每三個月左右就需要炒一次咖喱膽。往往他回家甚少說話，但我就從他身上散發出來濃烈的咖喱味就知道他的工作日常了。

問他最滿意自己什麼的菜式，「吓？我樣樣都得，出咩都好快賣晒，日日新鮮，自然好食！」他充滿自信地回答。

合發第四代掌舵人

要數父母與合發茶餐廳的淵源，就要由一九九五年母親開始在此打工說起。

我的父親柯行永和母親馮啟菊於一九八〇年代移民到港，他們因同鄉提攜下，不約而同投身飲食業。父親由「紅褲仔」廚房學徒做起，母親幾經轉行後成為茶餐廳的樓面侍應。他們十分勤快，完全融入港式飲食「快、靚、正」的節奏。

父親的炒咖喱

丁香

香茅

黑白胡椒

蒜

草果

乾蔥　　蝦（蝦膏）

芫茜

肉桂

黃薑

薑

八角

茴香籽

紅辣椒

肉豆蔻

沙薑

（材料太多，恕不能盡錄。）

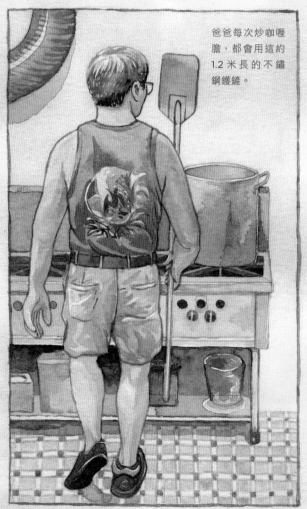

爸爸每次炒咖喱膽，都會用這約1.2米長的不鏽鋼鑊鏟。

首先先燒熱鍋至鍋內沒有水分後，倒入約十五公升的大豆食油，燒熱至約攝氏四十至五十度（爸從不用溫度計，用手指觸碰鍋柄時覺得辣手就可以）。

15升

握斷兩條肉桂並放入鍋內,再放入切碎的濕料(乾蔥、蒜頭、薑和香茅共十斤)及切片的兩磚蝦膏。

用那長鑊鏟以中火攪拌一小時,揮發多餘水分,亦防止「黐底」。

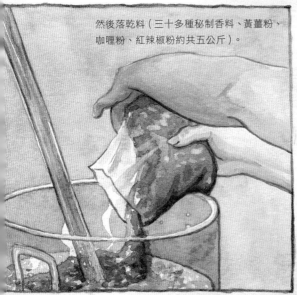

然後落乾料(三十多種秘制香料、黃薑粉、咖喱粉、紅辣椒粉約共五公斤)。

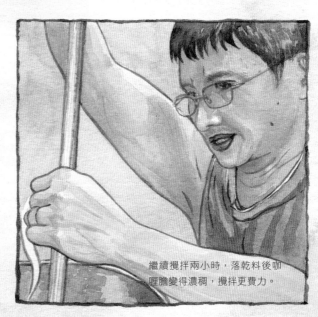

繼續攪拌兩小時,落乾料後咖喱膽變得濃稠,攪拌更費力。

熄火前倒入一碗「天然防腐劑」並攪勻。

這樣咖喱膽就完成了!不要看它模樣不太美觀,其實每天只要抽取一小部分,加入水、糖、鹽、椰汁、雞粉和麵撈在一起煮,就成為鎮店之咖喱汁了!

母親憶述她一九九三年剛剛投身樓面時，一切由零學起，一九九五年開始在合發茶餐廳打工。當時的老闆葉潤森和其子葉潤傑見我的母親盡心盡力打理樓面，井井有條，三年後他們就邀請她入股，「因為我唔怕蝕底，勤力上心，人哋睇到就自然會關照你。」媽一面自信地說。另一方面，她十分感謝葉先生這位伯樂，使她知道如何管理生意。

到二〇〇〇年，母親見父親已有一手好廚藝，便鼓勵父親創業。於是她就「兩邊走」，日間在合發，晚上到父親頂手的一間位於深水埗元州街的「金豪茶餐廳」工作至打烊。我讀書時放假會到場幫手收銀，有時會帶功課在那裏做。記得二〇〇三年的一份作文練習，內容提及「哥哥」張國榮逝世，心情很是苦澀。

父母在深水埗做老闆的日子並不好過，二〇〇二年母親退股合發，全力與父親「拍住上」，每日工作多達十六小時，年中無休，他們的氣魄實在令我佩服。父親整天面對火爐，拋一整天的鑊，練得一對結實強勁的臂彎；而母親整天給油煙包圍，但不忘對客人展露笑容，儲得一大群忠實的顧客。每晚凌晨回家，他們滿身的油煙味就是辛苦工作的證明。姐姐見他們工作辛苦，曾經辭去文職工作，幫忙打理金豪。她很快就上手，亦在此結識了現任丈夫，他當時是金豪的熟客。

到二〇〇六年中，因為深水埗的消費力較低且飲食業競爭大，父母見付出與收穫不成正比，就將生意頂讓出去，休息一下再作打算。碰巧當時合發放盤，二〇〇六年十二月，父親成為合發第四代老闆至今，眨眼他們已接手十一年了。

現時父親主要打理餐廳的廚房及維修事務，而母親就管理樓面、會計等。母親在多個工作範圍中，最愛與街坊熟客聊天。母親的笑容很親切，有熟客甚至會指定母親為他們落單，客人的一句「例牌」，母親就記得那客人常叫的菜式。母親與客人的關係很好，其中餐廳的一大決定都是由熟客的支持下落實：幾年前，父親經過幾十年拼搏後，發現「錢係搵唔晒」，加上年事漸長，認為應該多一些休息的時間。客人知道這件事，反而「舉腳」贊成。他們的忠誠實在使媽放心，自此父母逢星期日就能休店、享受一下生活：晨運、飲茶、湊孫等。

合發打烊後，母親負責埋數，大斑（左上貓）和細斑（左下貓）總愛陪伴母親左右。

合發「三寶」

而合發能深受食客歡迎，除了有父親貨真價實的料理外，這裏的「員工」和凝聚的一群熟客更是不可缺少的元素。

提到合發的「生招牌員工」，不得不提及「大斑」和「細斑」兩兄弟。牠們都是家貓，雖然出自同一胎，但性格和身形完全不同，各司其職：大斑的重量直逼二十磅，大肚腩，米黃白間條花紋，任摸唔嬲，愛吃貓糧，是合發的「公關」；而細斑的身形剛剛好，相對大斑看起來比較年輕，純米黃色，愛吃雞肉和魚，對聲音十分敏感，怕陌生人，盡責巡視餐廳，以防老鼠、害蟲入侵，是合發的「捕手」。牠倆雖然都將近九歲（大約是人類的五十二歲），但仍然十分可愛，深受熟客和我們一家的寵愛。

另一位合發重要的員工，就是水吧師傅「司令」成哥。他對樓面的敏感及熱情度不會遜於我的母親，每次他一見到熟客光臨，就會在水吧叫出熟客的花名。例如會忽然聽到他大叫：「嘩！叔婆嚟啦！」然後就見他自動冲出熟客慣常的飲料，所以每次熟客一坐下，還未落單，飲品就已經自動給送到他們面前。如果司令見到我來，就會這樣叫：「咦？二小姐？整杯嘢飲下先好喝！」因為司令冲泡任何熱飲我也喜歡，所以我每次點的飲品都不一樣，那麼他就沒法「自動」給我冲泡某一種指定飲品了。

不得不說，司令十分擅長幫人改花名。例如有一位大叔正職是小巴司機，但他是賭馬狂熱，司令就叫他「馬王」；一對「低頭族」夫婦就叫做「機王」和「機后」；每次都叫合發咖喱和凍奶茶多甜的一位男士，司令叫他做「多甜仔」或「咖喱仔」；每次只飲一片檸檬的熱檸水西裝男叫「一檸」；一位中氣十足的女樓面叫「大聲」；只飲鴛鴦（夏天飲凍的，冬天飲熱的）的大叔叫「兩樣」。大約每天下午四點半，「兩樣」都會來到合發向司令舉出「V」字手勢，司令同樣會以這個手勢回敬他（算是男人的浪漫吧？）另外，由於「大聲」的下班時間就是四點半，「大聲」見到「兩樣」的感覺很是興奮。

司令多年來一直十分瘦削，他是距離扒爐最近的人，卻是餐廳裏長期默默忍受飢餓感、最少胃口的人。他經常問別人「個肚係咪餓到『朝朝』聲」，但我很少見他吃東西。平日見他喜歡吃生果多於正餐，相比之下我們一家人的胃口挺大的，父親如果沒有飯落肚就會頭暈，所以我們都不太理解司令是怎樣生存過來，他的食量與工作量完全不成正比呢！

多年來我一直當這裏是我的飯堂，也是一個可以讓我放鬆、與朋友見面聊天的地方。當我帶朋友到我這個「主場」的時候，我整個人都變得特別有信心和衝勁，為我的朋友逐一介紹可口的菜式及飲品。除了父親的料理外，幾乎每

父親每日開閘時，大斑和細斑就會一起出來迎接。

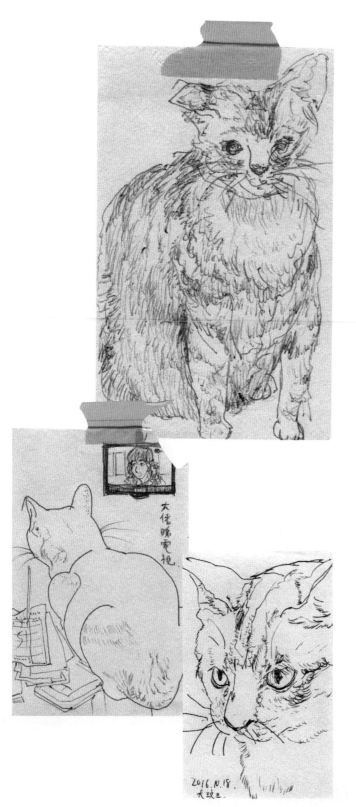

豬肉佬

李多生

「豬肉佬」負責是合發的豬肉供應商，亦是
合發的熟客，他在合發埋單時就會附上豬肉
及合發的發票，扣除差價後再找數。

大佬睇電視

2016.10.18.
大斑二.

大斑

城

司令

次我都會向他們推介「司令」成哥沖泡的茶走少甜（不加砂糖而加入少量煉奶的熱絲襪奶茶，茶走比加入砂糖的奶茶的口感更滑）。他每星期都會自行調配幾種不同的茶葉，沖泡時務求達至茶與奶的平衡。他的奶茶十分濃郁、芳香、滑溜、提神，此刻在寫這段文字，還真想馬上喝一杯呢！

兼職樓面吃盡美食

在二〇一六年，我辭去全職平面設計師的工作，成為全職的自由插畫師，收入並不穩定，沒辦法給家用，於是就在合發兼職做了半年樓面。除了幫補生活費之外，亦在這裏減輕一下母親的工作負擔，使她可以在下午落場時間回家休息。我很喜歡吃茶餐廳的食物，每次客人所叫的食物都看似美味撲鼻，所以如果當餐廳不太繁忙的時候，我就忍不住追加一份給自己吃。西多士、紅豆冰、炒貴刁、乾炒肉片河、雪菜肉絲炆米等，這些都很容易引起我的食慾。

母親常說我的命真好，一來到合發就有食物吃，而她經常就做到連上廁所的時間也沒有。她雖然這樣說，但她和父親亦會繼續為我送上美食。如果我上班時能換得母親落場回家休息，她通常只用一半時間來小睡，另一半時間就在家煮住家菜、煲老火湯，然後帶到餐廳與我和父親吃。儘管我們經常一起，但會因為安排餐廳有適當人手的緣故，我們通常都輪流吃飯，無法

一起進食。我們一家都很喜歡吃魚，有時熟客見到我們吃的住家菜，就會覺得我們吃的特別好吃，會問可否於第二日預留給他們一條魚，父母十分歡迎。他們會為對魚有要求的熟客度身訂造紅衫魚、牙帶魚等套餐，而這些套餐都不會在餐牌上看到的。

我身邊的朋友總會問我：「做太子女嘅感覺係咪好正？因為想食咩都得。」其實真的很爽，不過因為平時太放縱的關係，平日外出就不太捨得到其他茶餐廳消費，不過有時感受一下行情也是應該的。例如在其他茶餐廳能吃到一些合發沒有而又好味的菜式，事後就會問司令和父親「可唔可以整來試吓」，或者問母親「可唔可以加入我們的菜單」，不過未必一定成功。例如我曾經吃過其他茶餐廳好吃的午餐肉西多士，於是母親就應我要求加入餐單，但結果反應一般，所以有時在一間茶餐廳受歡迎的食物，不等於在另一間茶餐廳同樣受歡迎，這樣亦代表不同的茶餐廳擁有不同的特色。

另一件我在茶餐廳工作時放縱的事，就是在我精神飽滿、非繁忙時段時，在餐廳速寫，繪畫由收銀櫃位望出的大環境、大斑、細斑、熟客等。一般情況下母親並不反對，有時她亦因此取得靈感，在餐廳的黑板、白板上畫上動物圖案。

「貓王」梁生常穿有復古圖案的衣服，
寫得一手靚字。

「大聲」就是樓面「媚姐」，她好幫得手，
笑容親切。

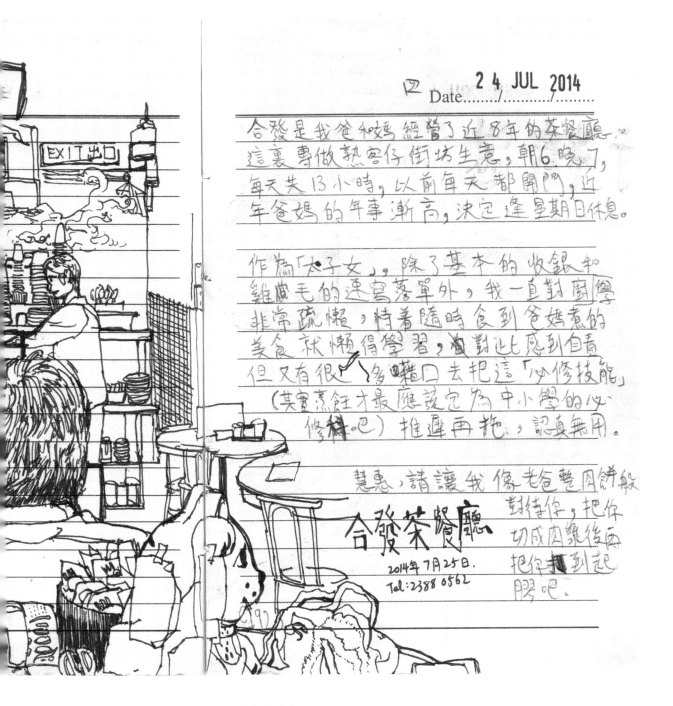

合發是我爸和媽經營了近8年的茶餐廳.
這裏專做熟窑仔街坊生意,朝6晚7,
每天夫13小時,以前每天都開門,近
年爸媽的年事漸高,決定逢星期日休息。

作為「太子女」,除了基本的收銀和
雞啄毛的速寫落單外,我一直對廚學
非常疏懶,恃着隨時食到爸媽煮的
美食就懶得學習,也對此感到自責,
但又有很多藉口去把這「必修技能」
(其實烹飪才最應該定為中小學的必
修科吧)推遲再拖,認真無用。

慧惠,請讓我像老爸整肉餅般
對待你,把你
切成肉粒後再
把你打到起
膠吧。

合發茶餐廳
2014年 7月25日.
Tel: 2388 0562

三姊妹各有志向

不經不覺,父母親經已縱橫飲食業達廿、卅個年頭了,會有誰來接棒?我家有
三姐妹,姐姐以前曾經幫忙打理兩年,樓面水吧都無難度,只是工時太長、困
身及辛苦,所以放棄繼承,現職為一位秘書;我家中排第二,曾經在餐廳工作
了半年,但由於志在畫筆上,現在只有負責食的份兒;妹妹便成為我「繼續開
飯」的希望了!現時她和她的男友都在合發幫手,希望他們成功啦!

結語

親愛的油麻地：

你知道嗎？你好可愛啊！

因為你的可愛的地方實在太多了，所以畫你一年都只畫了你的「一條腳毛」而已。

我大概是你身上的一粒皮屑，要在你身上走一圈，將你的美態逐一畫好，看來用盡我一生的時間都不夠！那麼我應該怎麼辦呢？我在畫此情書的封面時想到了！

就是讓更多人愛上你，然後他們就用他們的方式記下你的美態，這樣就算我死了，還有很多很多人會珍惜你、疼你！

所以嘛，我會帶著這本情書去世界不同的地方，讓不同的人認識你、對你產生好感、跟你約會、鍾情於你、在乎你的變化。萬一你有事，我們就會一呼百應，盡力守護你。

要令一個地方變得更好，必須要很多很多願意愛、也懂的愛這個地方的人，希望我在你身上能略盡綿力吧！

　　祝美態常在

　　　　　　　　　　　　　　　　　你的皮屑
　　　　　　　　　　　　　　　　　慧惠上
　　　　　　　　　　　　　　　　　二〇一七年十一月五日

鳴謝

感謝你閱讀到這裏，有這一刻的存在，其實結集了你我他的支持才能完成，
容我在此感謝以下每一位（排名不分先後）：

上帝
父母
家人
小克
白雙全
馮兆華（華戈）
梁晥兒
鉅記欄韓亮賢
榮興單車鍾漢強
善美影室林國盛、石貴南及林紹淙
利和秤號何太
雄記水族店蔡錦雄
富華文具
銀の文房具鍾燕齊
泗祥號何國標
合發茶餐廳
梁志剛
鄭日安（秋爸）
編輯李毓琪及周怡玲
書籍設計師李嘉敏
一直支持我的朋友們
溫淑嫻
駱駝與大象

責任編輯	周怡玲
書籍設計	李嘉敏
封面及扉頁題字	華戈

書　　名	給油麻地的情書
作　　者	慧惠
出　　版	三聯書店（香港）有限公司 香港北角英皇道四九九號北角工業大廈二十樓 Joint Publishing (H.K.) Co., Ltd. 20/F., North Point Industrial Building, 499 King's Road, North Point, Hong Kong
香港發行	香港聯合書刊物流有限公司 香港新界大埔汀麗路三十六號三字樓
印　　刷	美雅印刷製本有限公司 香港九龍觀塘榮業街六號四樓 A 室
版　　次	二〇一七年十一月香港第一版第一次印刷 二〇一八年十二月香港第一版第二次印刷
規　　格	大十六開（200mm × 265mm）一三六面
國際書號	ISBN 978-962-04-4275-9

三聯書店
http://jointpublishing.com

JPBooks.Plus
http://jp books.plus